Laoteng Zuopin Diancang
Rulin Manbu

老藤——著

老藤作品典藏

儒林漫步

ARTTIME 时代出版
时代出版传媒股份有限公司
安徽文艺出版社

老藤，本名滕贞甫，山东即墨人，中国人民政治协商会议第十四届全国委员会委员，中国作家协会第十届全国委员会主席团委员，文化名家暨“四个一批”人才，现任辽宁省作家协会党组书记、主席。出版长篇小说《战国红》《刀兵过》《北地》《北障》《北爱》《铜行里》《腊头驿》《鼓掌》《樱花之旅》《苍穹之眼》等10部，小说集《黑画眉》《熬鹰》《没有乌鸦的城市》等8部，文化随笔集《儒学笔记》《孔子另说》等3部。作品多次被《小说选刊》《中篇小说选刊》《长篇小说选刊》《新华文摘》《小说月报》等选刊转载，多次进入各种年选和排行榜。曾获东北文学奖、辽宁文学奖、《小说选刊》年度大奖、《北京文学》奖、《湘江文艺》双年奖、丁玲文学奖、百花文学奖、中国作家出版集团奖·优秀作家贡献奖等。长篇小说《战国红》《铜行里》分别荣获第十五届、第十六届中宣部精神文明建设“五个一工程”奖，长篇小说《北地》获2021年度“中国好书”。作品以英、德、法、俄等10种文字被译介到国外。

Laoteng Zuopin Diancang
Rulin Manbu

老藤作品典藏

儒林漫步

老藤——著

时代出版传媒股份有限公司
安徽文艺出版社

图书在版编目（CIP）数据

儒林漫步/老藤著. —合肥：安徽文艺出版社,2023.6
（老藤作品典藏）
ISBN 978-7-5396-7671-5

Ⅰ. ①儒… Ⅱ. ①老… Ⅲ. ①散文集—中国—当代
Ⅳ. ①I267

中国国家版本馆 CIP 数据核字(2023)第 003410 号

出 版 人：姚　巍
策　　划：朱寒冬　姚　巍　　　统　　筹：张妍妍　姚爱云
责任编辑：宋潇婧　　　装帧设计：张诚鑫

出版发行：安徽文艺出版社　www.awpub.com
地　　址：合肥市翡翠路 1118 号　邮政编码：230071
营 销 部：(0551)63533889
印　　制：安徽新华印刷股份有限公司　(0551)65859551

开本：880×1230　1/32　印张：8.375　字数：180 千字
版次：2023 年 6 月第 1 版
印次：2023 年 6 月第 1 次印刷
定价：35.00 元

（如发现印装质量问题，影响阅读，请与出版社联系调换）

自序:“无用”抑或“有用”

人间事物若从实用角度看,可分“有用”“无用”两类。文学应属于后者,正因如此,清代诗人黄景仁才有了“十有九人堪白眼,百无一用是书生”的慨叹。爱上文学伊始,我对这一诗句颇有同感,但在经历了诸多世事之后回头看,又觉得这种两分法过于简单粗暴,事实上很多时候看似“有用”的东西恰恰无处可用,而那些“无用”的东西却能支起脑颅里的帐篷,让你的灵魂有了自由活动的空间。比如说,诗和远方有什么用?好像无用。但这个“无用”会像潮汐一样一波波激荡你的心扉,让你血脉暗涌,不时蹦出打起行囊奔赴远方的冲动。

不得不承认,我喜欢“无用”的东西,这当然与受庄子“无用之用”思想的影响有关,但归根结底还是对文学的痴迷使然。有“无用”的文学相伴,我热衷于钩沉稽古、发微抉隐,也喜欢静处发呆、冥思遐想。在这个“无用”的世界里我可以随心所欲、直情径行,活成真实的自我。此时的“无用”转化成了实实在在的“有用”,它给我原本安分的心灵搭建起一座不安分的房子。

我是20世纪70年代末期开始喜欢上文学的。那时我读初中,写作成了我生活中的一个秘密,让我的中学时代充实而富有期待。拥有秘密的人如怀揣美玉,会产生一种富裕感。秘密是身价的砝码,也是自信的底气,那时,哪怕身上穿着空心袄,走过冰雪覆盖的操场时我也会高昂着头。不明真相的同学肯定猜想:老藤有什么可神气的?对了,我在中学时就被人称为"老藤",我后来之所以确定用"老藤"这个笔名,多少有些水到渠成。当时只是写,没想过投稿发表,写满一本就锁进抽屉,偶尔拿出来自我欣赏一番,仅此而已。知道马克思年轻时也有类似的习惯后,我心里暗自发笑,连伟人都不能免俗,看来许多文学爱好者的写作最初都是一种自娱。马克思是雪莱的粉丝,热衷于写诗,给恋人燕妮写了好几本情诗,给父亲也写了一本,但当时也只是锁进抽屉没有出版。马克思一生发表的诗作只有寥寥几首,但这位哲人最初的梦想确确实实是"无用"的文学。

对于我来说,"无用"变得"有用"是在1985年,那时大学毕业生由国家负责分配,个人可以填报分配志愿。我当时面临三种选择,举棋不定时一位忘年交文友建议我去新成立的五大连池市。他当时在该市担任文教局局长,给出的理由是新组建的城市百业待举,是一片尚未开垦的处女地。这让我想起了肖洛霍夫的作品《被开垦的处女地》。我欣然听从了他的意见,在分配志愿里填写了五大连池市并被顺利分到了那里。五大连池是个县级市,规模不大,文化、教育在一个局,我被分到文教局后不久就当了一个中国最小的官——股长。教育股长虽小,却管理全市的中小学。股里有中教视导员马老师、小教视导员赵老师,还有招生干事吴老师、培训干事刘老师,四人都在五十岁以上。开始,我担心无法领导这些工作经验丰富的资深干部,让我感动的是,他们给了我这个毛头小股长以极大的支持,因为他们知道我是一个经常在报刊上发表作品的年轻人。我心里清楚,与其说他们尊重我,毋宁说他们高看文学,因为那是一个属于文学的年代,这是文学给我的加持。接收我的文教局局长大我二十余岁,是位多才多艺的业余作家,文学素养极高,不仅发表文学作品,而且精通中医,擅长地方戏曲吟唱。局长退休后离开了黑龙江,在北京一个部队医院开中医专家门诊,找他看病需预约。老局长虽然已经过世,但他的名字深深镌刻在我的心里,他叫刘锡顺,黑龙江嫩江人。

20世纪90年代初期,我产生了离开机关的想法。这一想法没有变成现实还是因为“无用”的文学。当时,我特别想从事影视编剧工作,便在朋友的介绍下从五大连池市调到了大连,但在广电系统仅仅工作了三个月又调到了机关。我曾经有过写机关文学的想法，我对自己说：你不是想写机关吗？要想写好机关，就应该把机关坐遍、坐透、坐穿。这样一想，内心便有些释然，于是收起当编剧的小心思，专心从事组织、宣传、纪检和其他机关工作。我在山东、黑龙江、辽宁三省学习、工作过，这些经历为我积累了丰富的创作素材，怎么写都不会有枯竭感，这也是我能顺利完成《北地》《刀兵过》《北障》等长篇小说的原因所在。

从1985年到2016年，我一直在大连的区、市党政机关工作，无论岗位如何变化、工作多么繁忙，文学的灯火一直摇曳在心底，没有什么风能把它吹灭。这个时期，我的创作基本与工作体验密切相关，比如在负责宣传工作期间，写了文旅题材的长篇小说《樱花之旅》；在负责纪检工作期间，写了反腐题材的长篇小说《鼓掌》；在负责扶贫工作期间，写了农村题材的长篇小说《战国红》。记得我离开区委到市委工作时，一位市级老领导对我说："别写了，好好当你的官儿。"我知道老领导是好意，但我无法照办，因为我觉得当干部与写作并非是对立的关系，领导干部有点文学爱好不是坏事，文学作为塑造灵魂的事业，从某种意义上说它会让冷漠的行政管理多一些人性化的温情，让管理者的内心变得柔软而富有弹性，历史和现实的经验都能证明这一点。在机关工作时我虽然没有放弃文学，但不敢本末倒置，毕竟做好本职工作是第一位的，所以作品量不是很大。对此，我没有烦躁、焦虑，文学创作不可能是全过程的井喷潮涌、大河浩荡，有时它也会是泉水叮咚、浅池深潭，只要心中留一线清水流淌的缝隙，就不愁遇不到柳暗花明的桃源。

“无用”的文学在2016年秋天再次改变了我的人生轨迹——因为辽宁省作协面临换届，我被省委安排到了省作协任职，我不得不从海滨城市大连来到了省会沈阳。省作协工作虽然运行程序与党政机关没有较大差别，但毕竟文学成为主业，我因此有更多的时间来写作，这便有了《苍穹之眼》《北爱》《铜行里》等六部长篇小说和许多中短篇小说。这个时期也被许多批评家称为我创作的“井喷期”。

如果需要阐释一下文学观的话，那么在文学的世界里我是一个彻头彻尾的理想主义者，我希望通过笔下的故事和人物更多地透出现实生活中的曙光和彩虹。对于大多数有追求的普通人来说，生活不易，人生路上充满艰辛与坎坷，带着伤疤的跋涉者比比皆是。我不想在作品中放大这种悲催，而是选择温情的剖面来描述和解析，更多地诠释人性中闪光的元素，目的不是掩饰，而是给人以生的热望。文学自身是具有神性的，但这种神性带有何种光环则取决于作家。文学缺少神圣性，就像古玉少了沁色，品读的味道会变得寡淡。我在写作时感情很投入，作品中的人物甚至会活跃在我的梦境里。我的作品中恶人很少，尽管生活中从来不乏恶人，但我内心里有一种屏蔽恶人的本能。尼采那句话对我影响很大："当你凝视深渊时，深渊也在凝视你。"我笔下的恶人，往往也有良心未泯的一面。我的大部分写作时间是在夜晚，夜深人静，打开电脑在键盘上敲打，仿佛在与作品中的人物对话，这个时候，多写一些向善、向美的东西，自己的心情才不会差，梦境也会少些骚扰。

我在写作中比较注意对人物内心纹理的刻画，努力让人物的心理活动符合生活逻辑，因此我很少去写怪异、离奇的故事。对那些违反生活逻辑却又有艺术价值的素材我会进行加工，把它们纳入逻辑的轨道，就像厨师烹调河豚一样，去除毒素，留下美味。我不反对文学要书写"生活中的不可能"，但我也坚持一个"笨"原则，那就是你写的东西读者是否认为可信，如果写出来的东西不令人信服，读者就不会读，读者不读，就谈不上产生影响力。其实，万物都循道而行，文学作品的道就是逻辑，是真理的逻辑、社会的逻辑、情感的逻辑和自然的逻辑。作家应该替读者去发现那些不知晓的东西，而不是去杜撰一些不符合逻辑的故事。当然，这是属于我自己的一个创作原则，并不适用于其他写作者。

我在创作中很少用"上帝的视角"，不是说这种视角不好，主要是考虑到作品的可信度问题。我喜欢用作品中人物的视角来叙事，让作品中的某个人物担当探秘的导游，带着读者走进一个属于文学的迷宫。比如《北地》是用主人公儿子和自传作者的视角，走进主人公曾经工作过的三十个地方，在回望中寻找答案；《北障》用的是当事猎人的视角，表现一个昔日的猎杀者对猎物、对禁猎者、对朋友、对大森林的那种纠结、不甘和人性复苏的复杂心理；而《北爱》则是从女大学生苗青的视角，也就是从一个逆行者的站位，来发现东北的质感，感受东北人文，最终靠静默和永不言弃，实现了父女两代人设计飞机的计划。

文学创作永远在路上，没有终点可言；既然在路上，就会面临许多道路的选择和各种要通过的“榆关”“柳边”。我英语不好，无法阅读英文原著，这就导致学习和借鉴上存在障碍。我读翻译作品时总有些怀疑，担心原作者是不是这样表达的——这不是一个好习惯，是我在读了鲁迅先生翻译的《死魂灵》和满涛等人翻译的《死魂灵》之后形成的印象。当然，现在去学习外语已经没有必要，对于重要的外国名著，我会尽量多选择几个译本对比着阅读。我写作没有压力，也没有负担，是心里有东西想写才去写。当然，写作中也存在一些难题，比如对历史题材的处理、对民俗信仰层面的深度挖掘、对人类精神结构的多层次剖析等等，还需要不断提高脑力、笔力。

这套典藏收集了我2022年以前所创作作品的大约八成,理论和诗歌部分没有收入。长篇小说《北爱》因为于2023年2月出版,也没有收入。在此,我要感谢安徽文艺出版社,感谢安徽出版集团总编辑朱寒冬先生和为文集辛勤付出的编辑们,他们为文集的出版付出了许多心血,因为三十年前的作品没有电子版,扫描、校对是一件很辛苦的事。我还要感谢我的夫人赵蓉,她是我的大学同学,更是我所有作品的第一读者和首席批评者,没有她的支持和保障,我的文学之路不会顺畅。虽然不知读者评价如何,但我敝帚自珍,特别珍视这套典藏,因为它是我创作中的一个阶段性总结,它的问世也让我有了新的起点,我会更加努力地在"无用"的文学里徜徉。

目录

爱美之心，圣人有之

有一种观点，认为圣人就该像柳下惠一样是坐怀不乱的君子，就不该有什么七情六欲。圣人嘛，不与众不同还是什么圣人？在这些人的眼里，圣人已经被神化了。其实，我们从孔子身上，根本找不到这种痕迹，相反，孔子是个有血有肉、有情有义，具有爱美之心的可爱的人。

卫灵公的夫人南子是个出了名的美人，深受灵公的宠爱，卫国国家大事的决策，南子都当仁不让。什么外交、立嗣这样的大事，灵公唯南子之命是从。所以当时的南子可谓炙手可热、权倾一时。太子蒯聩对南子的做法很是不满，加之对她的淫乱行为十分嫉恨，就密谋刺杀南子。谁知他用人不当，选了个胆小鬼戏阳做刺客，戏阳临阵胆怯，被南子发现，结果不仅刺杀未成，太子自己也只能流亡国外。

对这样一个美女，依孔子周游列国的见识，不能不有所耳闻，也不能不有一个客观的评价，但是，当南子向他发出约会邀请时，尽管他内心很矛盾，可他还是偷偷地去了，不仅去了，而且还行了叩头之礼。

孔子在当时已是知名人士，他不仅善于骑射、通晓乐律，而且见识广博、才华出众，用现在的话说，孔子可以称得上是一个仪表堂堂、文武双全的帅哥。南子属于现在的“追星族”一类，她久慕孔子大名，萌生私下一聚的想法也在情理之中。不过，南子的邀请是充满自负的，这让孔子的学生们有些无法接受。

南子派使人这样对孔子说：“四方之君子不辱欲与寡君为兄弟者，必见寡小君。寡小君愿见。”意思是说：各国的君子，凡是看得起我们国君，愿意与我们国君建立兄弟般友谊的，必定来拜见我们南子夫人。我们南子夫人愿意见见您。

这样的邀请让孔子很为难，一来此事不是那么名正言顺，有走后门、走夫人路线之嫌。因为孔子凡事讲究“名正言顺”，他曾对子路说过，如果让他主政卫国，他要做的第一件事情就是“正名”。现在让自己去见一个国君的夫人，从而获得灵公的认同，这一步的确很不好走。二来南子是个绯闻不断的美人，自己偷偷和这样一个人约会，会有一种很难说清楚的感觉。但是，孔子就是孔子，他克服了内心的矛盾，在礼貌性地推辞了一番后，还是忐忑不安地去了。两人说了些什么已经无从查考，因为这是两个人的事情，但在司马迁的笔下，这段文字充满了意境。

“孔子入门，北面稽首。夫人自帷中再拜，环佩玉声璆然。”

这里，司马迁没有写谁先行礼，只是说孔子进门后朝北面叩头。而在葛帐后的南子“帷中再拜”，说明两人礼数很到位，否则不会有“再拜”。有意思的是，司马迁，没有写两人的神态，而是写了南子身上佩玉相撞所发出的动人的清脆声音，这是司马迁的高明之处，才子佳人约会，美玉碰撞有音，其他的事情读者自己去想象吧。尽管孔子归来后面对不悦的弟子子路，指天发誓说自己没有邪念，说如果自己做得有什么不对，“天厌之，天厌之”，就是说老天都会鄙视我。但孔子这种可爱的发誓行为恰恰说明了自己内心世界的矛盾，因此，不过几天，孔子就发出了“吾未见好德如好色者也”的感慨，这是孔子内心的真实感受。

那么孔子为什么会冒险和南子约会呢？是为了政治吗？显然不是。当时，灵公已经给了孔子“粟六万”的俸禄，和在鲁国的待遇是一样的，孔子知道南子想见自己，就是仰慕自己的才学，和委以重任无关，除了立嗣这样涉及南子自身的问题她比较感兴趣之外，孔子所宣传的具体的施政思想南子并不关心，因此，靠南子的力量谋取官位的可能性是很小的，也是孔子不希望接受的政治方式。那么孔子之所以去和南子约会，理由就剩下了一个，那就是孔子也很倾心于南子的美貌。美人的邀请无法拒绝，连孔子这样的圣人也不能免俗，因为爱美之心人皆有之。当人之天性与自己所制定的道德标准发生碰撞的时候，孔子也十分痛苦，所以才指天发誓，以消除学生们对自己的误会。孔子是很少发誓的，但他对誓言的问题不拘泥，他认为在不得已的情况下所订立的盟誓是可以不履行的，理由是“神不听”。

孔子约会南子一事，说明真正的圣人并不是非要装出一副不食人间烟火的样子，孔子正因为有血有肉，才更加可亲可敬。孔子对南子，就是一种朴素的对美的欣赏，和欣赏所有出色的东西一样，并不掺杂杂念。作为一个对所有新鲜事物都感兴趣的学者，想看看名噪一时的南子夫人到底是何种风姿，这也符合孔子的性格。因为孔子自己不了解的东西，他从不盲目地人云亦云，用今天的话说，孔子非常注重调查研究，包括所有他所感兴趣的人和事。孔子的这种审美是一种博爱，这是他和南子约会之事没有成为影响他形象的主要原因。

孔子的情感世界是丰富多彩的，正因为他有着这样的情感世界，他的许多行动都令人感动，我们从颜回之死中可以看到这一点。

颜回是孔子的得意弟子，比孔子小三十岁，在四十一岁时不幸早逝。孔子对颜回的早逝悲痛欲绝，叹息道："天丧予！天丧予！"这样的呼号出自一个圣人之口显然不妥，以至他的弟子都说他哭得太哀痛了，但孔子说："有恸乎？非夫人之为恸而谁为？"就是说：是哭得很哀恸吗？除了此人而外，我还能对谁哭得这样哀恸呢？这里，我们可以看到一个十分注重师生情义的老人，为自己得意门生的早逝到了一种悲伤至极的程度，因为他太喜欢颜回了，他始终以颜回为骄傲。这说明孔子爱才之心尤切，甚至超乎对家人的爱，因为夫人亓官氏和独生子孔鲤的相继故去，都没有令他像失去颜回这样悲痛欲绝。

不轻信定论

——孔子如何评价臧文仲

臧文仲是鲁国大夫，权势仅次于三桓，世袭鲁国司寇，在鲁国是四朝元老，博学而有才干，口碑甚好，上上下下好评如潮。应该说，臧文仲做的几件事确实值得称道，一件是外交有思路，邦交颇有成绩；一件是向齐国请求粮食援助，帮助国家渡过了饥荒；还有一件就是实行开放政策，废除关卡，发展商业贸易。臧文仲或许是自由贸易的鼻祖，他给鲁国的经济带来了活力。当然，最后这一点存有争议。

那么，孔子为什么对臧文仲颇有微词，认为他"不仁""不知"呢？据《左传》记载，孔子批评臧文仲"不仁者三，不知者三"。不仁者三是"下展禽，废六关，妾织蒲"。不仁就是违反政治规矩，有悖为官之德，不仁是致命伤。不知者三是"作虚器，纵逆祀，祀爰居"。不知就是糊涂，一个大夫如果稀里糊涂，那就需要好好检讨了。

要想分清是非曲直，就必须把孔子说的六件事搞清楚。孔子向来主张不以人废言，如果不是原则问题上的冲突，孔子不会轻易下结论。

下展禽，就是不启用鲁国大夫柳下惠。子曰："臧文仲，其窃位者与！知柳下惠之贤而不与立也。"是说臧文仲德不配位，明明知道柳下惠是个贤才却不启用。臧文仲为什么不启用柳下惠，史料没有更多记载，但柳下惠是个什么样的人有史料可查，比如说他“直道而事人”，也就是说，他性格耿直，原则性很强，大概因为这个倔强的性格因素导致他“三黜”，也就是三次被罢官。人们常说的性格决定命运，在柳下惠身上还真的验证了，无论什么域境，一根直肠子在封建官场是混不下去的。

废六关，是撤掉收税的关卡，让人便利经商。当然，还有另一种说法是置六关，用来收税。我们这里姑且取“废六关”一说。如果这个记载属实，臧文仲这个做法就有些不讲政治了，涉及国家税收这样的大事，臧文仲越权决策显然是不仁。

妾织蒲，是允许家人织席子来出售，与民争利。按理说自己的小妾在家搞点编织品拿到集市上卖卖，这是合情合理的事。但仔细想想，问题却不那么简单。你位高权重，家人做的生意不愁不好，怀有各种目的明买实贿者不会少。这样一来，普通百姓的织蒲就没了生意可做。孔子反对这一点是有道理的，这与我们今天禁止领导干部家人经商办企业是一个道理，是个政治要求。

三不仁里每一条都是政治问题，孔子并没有冤枉臧文仲。接下来说的三不知，虽然不是那么重要，但对于一个高官来说，也是很大的瑕疵。

作虚器，就是为养的大乌龟造华丽的房子。子曰：“臧文仲居蔡，山节藻棁，何如其知也？”孔子说臧文仲养了一只叫蔡的大龟，给乌龟造的房子上有雕刻着像山一样的柱上斗拱和绘画着像藻一样的梁上短柱，他的智慧如何呢？依臧文仲的身份，养这样一个宠物并营造豪华房舍，显然有些过分，至少在老百姓那里带了个不好的头。别说在两千多年前的春秋时代，就是今天你花重金给宠物狗建个庙堂一般的豪华狗舍，也会被人所诟病，声色犬马，君子不为。

纵逆祀，即纵容担任宗伯的夏父弗忌变更享祀之位，升鲁僖公于闵公之上。夏父弗忌冬祭时要把鲁僖公的位次升到鲁闵公之前。这是不讲辈分次序的严肃之事，但臧文仲不加制止，显然有些昏昧糊涂。柳下惠认为夏父弗忌的做法既犯人道又犯鬼道，“能无殃乎？”后来夏去世下葬时，棺椁突然失火，也算应验了柳下惠的预言。孔子以这个例子来说臧文仲“不知”是说得过去的。

祀爰居，爰居是一只不知从何处飞来的海鸟，停在都城东门外有些日子，臧文仲安排人每天都去祭祀它，这样无端祭祀一只不知从何处飞来的海鸟有点让人不可思议，当时好说实话的柳下惠就极力反对，认为臧文仲治理政事太越礼了。祭祀是国家的大法，而法度则是政治成功的基础，所以要慎重地制定祀典作为国家的常法，臧文仲带头无故增加祀典，这样下去怎么得了？今天想想也是，鲁国在内地，见不到大海，突然不知从何处飞来了只海鸟，是福是祸无人知晓，臧文仲派人祭祀无非是祈福避祸而已，这里有时代认识的局限性，但柳下惠的指责并不错，至少这种祭祀没有根据。很显然，孔子是赞同柳下惠观点的，觉得臧文仲这种做法不够明智。

不知即不智，也就是不够聪明，从孔子列举的三件事来看，臧文仲的确有些事做得糊涂，如果是常人也就罢了，但你是鲁国执掌大权的高级干部，就像曾子所说的“十目所视，十手所指，其严乎”。

总之，孔子对臧文仲的评价不为定论所限，通过自己的分析得出独到的看法，这一点值得后人学习。孔子是一个有原则的人，不因为别人说好，就人云亦云，也不因为别人说不好，就跟着声讨，他一定是在经过一番走脑走心的分析之后，才提出自己的观点，这观点自然就增加了分量。当然，我们不能说孔子的观点就绝对正确，但孔子从事实出发来评价人的方法很可取，而现在有些人，仅仅凭印象或别人的传言，就对一个人妄下结论，这种结论只能轻飘飘变成别人的耳旁风。

春游的首倡者

春游是学生的最爱，然而很多学生在尽享春游的欢乐时，却不知道这一习俗是孔子留下的，如果孔子不倡导这样一种感春的方式，后人便不会约定俗成在春天里到郊外去感受一番春天的气息。

孔子倡导春游时已经是老夫子，但他还是能站在学生的角度来对待感春和赏春。《论语》中这样记载："暮春者，春服既成，冠者五六人，童子六七人，浴乎沂，风乎舞雩，咏而归。"这段话不是孔子说的，是孔子学生曾皙说的。当时孔子与子路、曾皙、冉有、公西华在一起聊天，让每个人谈谈自己的理想。曾皙说了这样一段话，大意是，暮春时节，春耕农活结束，和五六个成年人、六七个小孩子，到沂水里玩耍，在舞雩台上吹吹风，然后唱着歌回家。曾皙说完后，孔子说"吾与点也"，意思是，我赞同曾皙的想法呀！

孔子为什么赞成曾皙的想法？这是因为曾皙说出了孔子一贯的思想：悟道需要身体力行。

春游，不是简单地出去看看风景，而是通过对春天的观察有所感悟。春天，万物生发，对于教授弟子的孔子来说，是实践教学的好时机，抓住这样的时机来感悟修身之道，是一件再好不过的事情，曾皙的说法与他不谋而合，他当然要赞成曾皙了。

在孔子眼中，春游最好去有水的地方，曲阜周边的沂水、泗水，都是孔子常去的地方，这是因为孔子见到水总能引起思考。

孔子在吕梁山游览，看见瀑布有几十丈高，水沫流出四十里，鼋鼍鱼鳖也不能游动，却看见一个男人在水中，孔子以为是个想寻短见的人，便叫弟子顺着水流去救他。谁知人家就是一个戏水的当地人。孔子就问："吕梁瀑布有几十丈高，水沫流出四十里远，鼋鼍鱼鳖也不能游动，刚才我看见你却在水里面自由自在地游泳，我以为你是鬼怪，但仔细看你，仍然是人，请问游泳有道术吗？"那人说："没有，我没有什么道术，我从这里水的流势起步，顺着水流本性起伏，不知不觉就成功了，与漩涡一起进入水流的中心，与涌出的流水一起浮出水面，顺从水的流动方向而不另出己见，这就是我游泳的方法。"孔子问："什么叫从这里的条件起步，顺着水的本性成长，不知不觉就成功了？"那人说："我生在山区就安心住在山上，这就是从这里的条件起步；长在水边就安心住在水边，这就是顺着水的本性成长；不知道我为什么会成功却成功了，这就是不知不觉地成功。"这个故事对孔子启发很大，不到生活中去，就体会不到君子遵守规律、坚守原则、随机应变的道理。

《论语·雍也》篇："知者乐水，仁者乐山；知者动，仁者静；知者乐，仁者寿。"既然仁、智之人喜爱山水，那么，青少年就应该创造更多机会走进大自然，亲近大自然，像孔子游览吕梁山所见所闻一样，会悟出许多人生道理。

孔子逢水必观。《荀子·宥坐》记载子贡问于孔子曰:“君子之所以见大水必观焉者是何?”孔子曰:“夫水,大遍与诸生而无为也,似德。其流也埤下,裾拘必循其理,似义。其洸洸乎不淈尽,似道。若有决行之,其应佚若声响,其赴百仞之谷不惧,似勇。主量必平,似法。盈不求概,似正。淖约微达,似察。以出以入,以就鲜洁,似善化。其万折也必东,似志。是故君子见大水必观焉。”这段话的大意是:子贡问:“君子见到大水为什么一定要仔细观察呢?”孔子说:“水嘛,能够启发君子用来比喻自己的德行修养啊。它遍布天下,给予万物,并无偏私,有如君子的道德;所到之处,万物生长,有如君子的仁爱;水性向下,随物赋形,有如君子的高义;浅处流动不息,深处渊然不测,有如君子的智慧;奔赴万丈深渊,毫不迟疑,有如君子的临事果决和勇毅;渗入曲细,无微不达,有如君子的明察秋毫;蒙受恶名,默不申辩,有如君子包容一切的豁达胸怀;泥沙俱下,最后仍然是一泓清水,有如君子的善于改造事物;装入量器,一定保持水平,有如君子的立身正直;遇满则止,并不贪多务得,有如君子的讲究分寸,处事有度;无论怎样的百折千回,一定要东流入海,有如君子的坚定不移的信念和意志。所以君子见到大水一定要仔细观察。”

老子称赞水有七德,孔子誉水有五德,皆为以水喻君子,形容君子之美德。这些感受并非杜撰,都来自对水细致入微的观察。从观察中得到启发,有所感悟和思考,这是向大自然学习的一种方法,这种方法直到今天仍有积极意义。

曾经有段时间，一些学校因为担心安全问题，把春游、秋游一概取消，一味地把学生关在教室里学习，这种方式与素质教育是格格不入的，教育主管部门之所以主张开展“研学旅行”，就是在发扬光大孔子的教育观。有学者比较了中日、中美学生的身体素质和实践能力，认为我们的中小学生在学业上占有优势，在身心素质方面却令人担忧，这是应该引起重视的问题，毕竟少年强则国强，孔子本身就是个运动健将，孔子射箭时老百姓成群结队去观看。传道、授业、解惑，传道是第一位的。事实上，孔子倡导的春游，旨在引导弟子感悟人与自然的互通之道。人生一世，草木一秋，何其相似乃尔！多让学生走出课堂，亲近大自然，融入大自然，少留点作业，多一些游历，对学生身心健康大有裨益。

打假何须烧店

孔家店是名副其实的老字号。

一个存在了两千多年的老字号却在 1919 年的春夏之交给一把火烧了。纵火烧店的人希望也能像孔孟一样立自家之言取而代之，可惜的是消费者并不买账，结果新店并没有树起来，倒是总有许多买不到东西的人，跑到孔家店的废墟里去找些什么。由此，我们就不得不反思一下，这把大火是不是烧得有些鲁莽、有些不负责任？

千年“老字号”货真价实

既然是老字号，就应该有传世的东西，而且这东西还应该是独家所有。那么孔家店这两千多年都在卖些什么呢？关于这个问题，相信不同的人有不同的看法，因为孔家店两千多年一直是以免费超市的形式存在，每个顾客都可以在这里各取所需，这就很难用几句话概括出它的祖传秘方的名称。但是翻一翻孔家店的账簿，我们还是不难理出头绪的。

第一等秘方：修身之术

作为儒家的始祖，孔子对修身问题是相当看重的，他认为修身是“齐家、治国、平天下”的前提和基础，要求君子穷则独善其身，达则兼济天下。那么，他们所提倡的修身之道具体都有哪些内容呢？

首先是学习。孔子认为学习是人生中不可或缺的内容，君子是靠“学而不厌，诲人不倦”才赢得社会的认可的。他对孔鲤的教诲是：“不学诗，无以言”，“不学礼，无以立”。可见他对儿子的爱是通过督促儿子的学习来体现的。通过学习使弟子们知书达礼，立身立言，弘扬优秀的传统文化，成为对社会有用的人，这是孔子办学的宗旨，所以他强调“德之不修，学之不讲，闻义不能徙，不善不能改，是吾忧也”。

其次是弘道。所谓道，是孔子所有学说的高度概括，用现在的语言讲，就是规律性的东西，是真理。孔子说：“志于道，据于德，依于仁，游于艺。”什么意思呢？就是说“君子应该志向在道，根据在德，依靠在仁，游习在礼、乐、射、御、书、数六艺之中。”正因为孔子把道作为第一要义提出来，才有了“朝闻道，夕死可矣”的名言。修身不能不弘道，否则志向就不会高尚，就不能跻身君子的行列。是否真正弘道，这是孔子格外强调的问题，他说：“士志于道，而耻恶衣恶食者，未足与议也。”译成现在的文字就是：如果一个读书人有志于追求真理，却以穿得差、吃得差为耻辱，就不值得和这种人谈论了。

再者是正己。孔孟强调正人先正己，提倡“己所不欲，勿施于人”。季康子问政于孔子，孔子回答说：“政者，正也，子帅以正，孰敢不正？”君子正是通过正己，使自己具备和达到君子应有的品德及修养，从而实现自己的人生价值。《中庸》有这样的一段话令今人不乏感慨：

“君子素其位而行，不愿乎其外。素富贵，行乎富贵；素贫贱，行乎贫贱；素夷狄，行乎夷狄；素患难，行乎患难；君子无入而不自得焉。在上位，不陵下；在下位，不援上，正己而不求于人，则无怨。上不怨天，下不尤人。故君子居易以俟命，小人行险以侥幸。”

这段话的意思是说：一个有修养的人根据现在所处的境地去做事，不抱不切实际的想法，现在处于什么境地，就按什么身份去做。君子无论到哪里，没有不能够怡然自得的地方，处在上级的地位而不欺凌下级，处在下级的地位而不攀附上级，端正自己而不苛求别人就没有怨恨，上不埋怨天，下不责怪人。所以君子立足于现实而等待机遇，而小人则靠冒险以求侥幸的收获。从这段文字中我们不难读出，在人的发展上，儒家是偏重强调内因的。

此外是慎言。孔子认为：君子要“讷于言而敏于行”。所谓“讷于言”并不是要求一概地少言，而是要“慎言”，讷本身是迟钝，是思忖再三才做表达。为什么要“慎言”呢？主要是因为儒家学说比较注重诚信，反对言过其实，认为“古者言之不出，耻躬之不逮也”。吹牛在古人看来是很丢脸的事，君子要耻其言而过其行。当然，慎言不仅是对自己的要求，还有对对象的审视，在孔子看来，“中人以上，可以语上也；中人以下，不可以语上也”。这就避免了对牛弹琴现象的出现。关于慎言问题，孔子的要求并不是没有边际的，他本人是做到了“四不语”“两逊”。四不语即“怪、力、乱、神”。也就是孔子从不谈论怪异、暴力、叛乱和鬼神。两逊即“邦无道,危行言孙”和“辞达而已矣”。前一句是说国家腐败黑暗时,说话要谦逊,因为可能因言致祸;后一句是说言辞能够表达意思就可以了,没有必要卖弄辞藻。慎言还有一层意思,就是对言者的态度审慎,既不“以言举人”,又不“以人废言”。应该说这种对己对人的态度是科学的,是修身之道融会贯通的结果。

第二等秘方:齐家之本

维系家庭的稳定,促进家族的发达,这是儒家学说的一大特色。那么孔家店里还有一个不能不提及的镇店之宝,那就是至今还被人津津乐道的齐家之本——孝悌。孝悌的观念是人类不分种族共同崇尚的道德观念,不论出于什么理由,不孝不悌总是很难被大多数人所接受的,这和孔家店千年如一日地贩卖“孝悌”思想不无关系。百善孝为先,孝是一切做人原则的基础和前提,没有这个基础和前提,人格的大厦就会倾斜。

孝悌是齐家之本,是因为孝悌是维系宗法观念的经脉,因为有了孝悌,家长的地位和权威才能有理论的根据,而忤逆则是对孝悌的反叛,是对宗法的蔑视。孝悌是齐家之本,更因为孝悌是由己及彼,进而影响社会的一种道德观念。儒家讲“老吾老以及人之老,幼吾幼以及人之幼”,其主观上就是由此及彼,推而广之的。这是一种积极的处世哲学,对培养一个人的家庭观念和社会责任感是有益的。孝悌是齐家之本,还因为孝悌本身没有消极的作用。儒家的孝悌是在大义之下的孝悌,不是愚孝。大义之下是可以灭亲的，这是国与家的关系所决定的，为了整体的利益，牺牲局部的利益不能也不该受到谴责。

孔家店这一秘方后来被人掺了假，给本来很灵活的东西套上了许多枷锁，使孝悌变得面目可憎，这实在是砸千年老店牌子的蠢事。但孔孟早已作古，传人们又被唬得噤若寒蝉，有谁还会去上法院打这个官司？所以黑锅只能由孔子、孟子两位儒学的开山鼻祖来背。

第三等秘方：治国之策

孔家店能两千多年顾客盈门是一件奇事，而这形形色色的顾客中历代政要占多数更是一件了不起的事，究其原因，是因为孔家店里有治国之策可以信手拈来。读书人都知道有这样一句话，叫作"半部《论语》治天下"，能精通领悟《论语》的要旨，简直就可以做宰相了。

儒家的治国之策主要有这样几个药方：一是仁政。仁政用今天的话说就是以人为本。哀公问政，孔子是这样说的：

"文武之政，布在方策。其人存，则其政举；其人亡，则其政息。人道敏政，地道敏树。夫政也者，蒲卢也，故为政在人，取人以身，修身以道，修道以仁。仁者，人也，亲亲为大。义者，宜也，尊贤为大。"

孔子这段话的大意是：文王、武王的政令，都记录在书籍上。贤能的人在位，这些政令就能施行；贤能的人不在位，这些政令就会废止。人事中变化快的是政治，地上生长快的是树木。作为政治，就像蒲草一样生长变化很快。所以推行政治就在于当政的人,取用当政的人要靠自身修养,修养自身要靠道德,修养道德要靠仁心。仁,就是注重人,以亲爱亲族最为重要;义,就是适宜,以尊敬贤能最为重要。孔子这段话里有一个很重要的观点就是注重人和尊重人,以亲爱亲族和尊贤用人为最重要。齐家治国,大同小异,如果能行文武之道,省刑薄赋,举贤任能,爱民如子,国家何愁不治?国君怎能不受爱戴?

二是德政。为政以德和仁政是一服方子里的两种药,是复方。德,是要求统治者要具备品格、智慧、宽容、礼仪和勇敢等方面的素质。以德治国,首先是对君主的要求。孔子认为:"'知、仁、勇'三者,天下之达德也。"就是说智慧、仁爱和勇敢是天下通行的德行。儒家之所以非常推崇舜,就是认为舜具备了这种德行。众所周知,舜是以孝著称的,他对于一再谋害自己的父亲和兄长采取了难以想象的宽容和忍让态度,赢得了好的声誉。在他登上帝位之后,仍然以德报怨,善待自己的瞎眼老爹,而没有像汉高祖刘邦那样,衣锦还乡了还不忘去奚落一番曾挖苦过自己的父亲。孔子从来没有认为自己是圣人,但他一直把舜当作大圣人,从舜所施的德政上,孔子得出了"大德,必得其位,必得其禄,必得其名,必得其寿"的结论。德政的具体方针有"九条",就是孔子所说的"国家九经":修身,尊贤,亲亲,敬大臣,体群臣,子庶民,来百工,柔远人,怀诸侯。这九条方针在治国上是统一的,就在今天看来,这一治国之策也具有积极的意义。

三是节用。节用是儒家的重要治国之策,孔、孟都可以称为经济学家。“生财有大道,生之者众,食之者寡,为之者疾,用之者舒,则财恒足矣”,这一观点不知影响了多少政治家。对财富,孔子从来都不回避自己的喜爱,他说:“富而可求也,虽执鞭之士,吾亦为之。如不可求,从吾所好。”

什么意思呢?孔子说,财富如果可以求得,纵使拿着鞭子做车夫,我也去干。如果不可以求得,那么我还是干我喜欢干的。君子爱财,但必须取之有道。孔子正因为能正确看待财富,才主张对财富不能挥霍,要节用惜财。鲁哀公和有若的一番对话,就体现了儒家节用的思想。哀公问有若:“年成歉收,国家费用不够怎么办?”有若回答道:“何不实行十抽一的税率呢?”哀公说:“十抽二我都不够,怎么能十抽一呢?”有若回答说:“如果百姓费用够,您怎么会不够?如果百姓费用不够,您又怎么会够?”有若的话无非是希望鲁哀公能够节用。有若是孔子的弟子,比孔子小四十三岁,因长相酷似孔子而一度被同学们捧上孔子的师位。有若的观点很显然就是孔子的思想。亚圣孟子的观点更为直接,他认为那些挥霍民脂民膏的残暴君主是“独夫”,人民可以推翻他。孟子主张对人民要省刑薄赋,应该“使民以时”,要让民有恒产,藏富于民,不能做与民争利的事情。

四是足兵。一个国家要想不被消灭,不加强武备是不行的。孔子所处的时代是春秋时期,国与国之间征战频繁,而发起战争的理由则五花八门,正所谓春秋无义战。孔子审时度势,提出了“足食,足兵,则民信之矣”的观点。保一方平安,使民安居乐业，这是立国安邦之本，而要做到这一点，加强国防建设是前提，仅仅靠正义是不够的。比如后来的秦灭六国，并没有什么理由，灭就是为了灭。

五是用贤。鲁哀公曾经问孔子：怎样做才能使老百姓服从？孔子回答："举直错诸枉，则民服；举枉错诸直，则民不服。"意思是说，你提拔正直的人，安排在邪恶的人之上，百姓就服从了。若是提拔邪恶的人在正直的人之上，百姓就不会服从。可见，孔子认为治理国家，遵循正确的用人之道至关重要。孔子主张用君子，反对用小人，因为"君子贤其贤而亲其亲，小人乐其乐而利其利"。如果"见贤而不能举，举而不能先"，那是对人才的怠慢，也是对国家利益的不负责。

第四等秘方：交友之道

儒家学说认为，"天下之达道"有五，即君臣、父子、夫妇、昆弟、朋友。朋友，作为人际关系中不可或缺的一伦，对其加以规范是十分必要的。孔子曾经说过一句令后人莫衷一是的话："君子不重则不威，学则不固，主忠信，无友不如己者，过则勿惮改。"引起歧义的是"无友不如己"，很多学者解释为君子不要和不如自己的人交朋友。仅仅从文字上看，这样的解释也说得通，但是，孔子作为一个以仁义敦厚著称的人，恐怕不会这么绝对，他既然能和"幼而不孙弟，长而无述焉，老而不死是为贼"的原壤保持几十年的交往，就不是个在交友上只是眼光朝上的人。孔子此话的意思应该是要看到朋友身上的长处，因为每个朋友身上都有值得自己学习的东西。这和孔子所说的"三人行，必有我师焉，择其善而从之，择其不善而改之”是一个道理。

儒家认为交友之道，要义在于诚信。君子每日要三省的一件事就是“与朋友交而不信乎？”。今天我们打造诚信社会、诚信政府，其实早在几千年前，儒家已经把这个问题提到高得不能再高的位置了，可惜我们在烧毁孔家店时一切都付之一炬了，直到今天，信用问题成了困扰每个人、每个单位的顽症，我们才回过头来找诚信，令人感慨不已。

儒家认为环境对人影响很大，所以交友要有所选择。孟母三迁的故事几乎家喻户晓，而晋人傅玄的“近朱者赤，近墨者黑”的成语也是人人尽知。这都源自孔子的“益者三友，损者三友”之说。孔子认为，有三种朋友是有益的，就是讲直话的朋友；比较宽厚、能原谅人、善解人意的朋友；知识渊博的朋友。还有三种朋友是有害的，就是脾气怪僻、思想偏激的朋友；懦弱不堪、逢迎谄媚的朋友；夸夸其谈、华而不实的朋友。益与损，不可不慎，所以儒家有择交不败的说法。

孔家店里的货色可谓琳琅满目，林林总总，以上只是大宗的东西，作为秘方简要展示于此，其他不再一一列举。

历代大儒借坛沽酒

既然孔家店名气大，后人借此来兜售一些私货也是不难理解的。然而，能跻身此店来当个店小二的也绝非等闲之辈，翻开史书看看，这些人物都是响当当的大儒。这使人想到了外销出口极好的孔府家酒，本来香醇味正，喝来喝去却有了变化，喝下去有些上头，究其原因，是有的制酒师傅给变了配方，加了香精、防腐剂什么的，使这家酒变了成色。这里，不妨点点几个大儒的名字。

例一：董仲舒好心办了错事

董仲舒（前 179—前 104），西汉广川（今河北省景县广川镇）人。以研究《春秋公羊传》著称，其“三年不窥园”的苦读精神，被后人传为佳话。他是一代儒学大师，号称“群儒之首”，留下来的著作有两种：《春秋繁露》82 篇和《举贤良对策》3 篇。他一生最大的作为就是建议汉武帝实行“罢黜百家，表彰六艺”。他在《举贤良对策三》中说：“春秋大一统者，天地之常经，古今之通谊也。今师异道，人异论，百家殊方，指意不同。是以上亡以持一统，治制数变，下不知所守。臣愚以为不在六艺之科，孔子之术者，皆绝其道，勿使并进。邪辟之说灭息，然后统纪可一，而法度可明，民知所从矣。”这段话，后来被班固概括为有名的“罢黜百家，独尊儒术”。

应该说董仲舒对儒学的正统地位的确立是有贡献的，但是，他的做法无疑是开了文化专制的先河，更何况他对儒家的所谓发展其实就是一种伤筋动骨的“修正”。

首先，“独尊”本身并不利于儒学的发展。任何一种学说、理论，只要让它脱离了学术竞争的环境，它都会失去灵性和活力。董仲舒压抑百家之说，看似给了儒学以空间，其实对儒学本身也是一种压抑。这正如一名长跑冠军，在没有对手竞争的情况下很难打破纪录一样，让儒家学说在社会舞台上独步，这本身也影响了它的发展。

其次，董仲舒本身的思想体系并不是辨证的孔孟之道。董氏的思想中，既有邹鲁文化的传统，也有齐燕方术的色彩，还有三晋文化的影响，他还带有阴阳家、刑名家的痕迹，这些使他的学说尽管贴着“孔府家酒”的标签，但配方已经改变了。

再者，董仲舒的理论使君与民变得对立。董氏的大一统思想、天人感应论、君权神授说、三纲五常等等，在孔孟的经典著作中，找不到什么理论根据，都是他的改造。尤为突出的是，他对“天”的解释，具有唯心、神学的性质。在他的世界观中，“天”是超自然、超社会、超诸神的至高无上的上帝，是“百神之大君也”，“天亦人之曾祖父也”。其中，君主是天在人间的代表，“唯天子受命于天，天下受命于天子”。这种理论与孟子的君民思想是截然不同的，孟子认为民、社稷和君三者相比，君是最后一位，而董氏则不仅颠倒了这个次序，更把君主升高到不食人间烟火的地位，使本来一体的东西变成了对立的两个方面。

例二：朱程理学精心为儒学安上了框子

所谓朱程，是指宋代的朱熹和程颢、程颐兄弟。三人都是历史上的大儒，他们对儒学的伤害是无法估量的。正是这些所谓大儒，使儒学走上了禁锢和僵化之路。

朱熹(1130—1200)，江西婺源人，南宋时期的理学家和教育家。朱熹自幼热衷道学，与刘子、刘勉子、胡宪等道学家过从甚密。这些人修道醉心于佛，从而影响朱熹，使之成了一个热衷于道学、喜好于佛禅的所谓大儒。

朱子的著名论断就是“存天理，灭人欲”。他认为在超现实、超社会之上存在一种标准，它是人们一切行为的标准，即“天理”。只有“格物致知”，遵循“天理”，才能使“人心”符合“道心”。从一种学说本身来说，朱子的观点是有价值的。但是，朱子可以打道家的旗子，也可以打佛家的旗子，可是他偏偏打了儒家的旗子，而且他十分偏爱儒家的经典著作，从他的学术立场出发，对这些经典著作进行了无微不至的注释，这使他简直成了再世的孔子。

且不说朱子的“心学”价值如何，单就其“灭人欲”的思想就与孔子的“克己”要求相去甚远。孔子之所以是圣人，就是他不扼杀人之本性，他认为“天命之谓性，率性之谓道，修道之谓教”，只要是自然所赋予人的一切都是“性”，而循其本性就叫“道”，修行明道就是“教”，这种说法充分尊重了人性本身，可谓简明扼要。孔子认为人欲乃天性，欲不可纵但也不能灭，因为灭欲是泯灭人的天性。而朱子恰恰在这个问题上出了问题，把一个经他发酵过的窝头贴上了“孔家店”的标签，不知噎住了多少人。

朱程理学的程是指二程，即宋代的程颢、程颐兄弟。二程是理学的奠基人周敦颐的弟子，也是朱子的师辈。二程对儒学的光大不及门生朱子，但他们对朱子的“理”“气”学说的形成产生了极大的影响。程氏还有一大成就是对《易》做了独到的阐述，但其阐述与孔子充满辨证色彩的分析出入较大。读孔子的《易传》，有一种行云流水的感觉，这感觉来自孔子思想体系的完整，而读程颐的《伊川易传》则充满了神秘感。程颐那句臭名昭著的"饿死事极小，失节事极大"的名言，许多人都以为是孔子所说，其实孔子何尝有这种逻辑？孔子所说的"君子固穷"，并不是非要以生命为代价，孔子最看重的四件事就是民、食、丧、祭。这在《论语》中是可以查到的。

朱程理学用他们那一套伦理道德给孔孟之道织就了一张网眼极小的思想之网，这张网套住了所有思想的触觉，使本来很富灵性的儒学变得面目可憎。从程颐极力反对王安石变法就可以看出，这个所谓大儒，与提倡"周虽旧邦，其命维新"的孔子，在观念和行动上都是出入很大的，倒是孔老夫子为他们背了不少骂名。

例三：王阳明使儒学更加向隅而立

王阳明，字伯安，余姚人，生于1472年，卒于1529年，1499年中进士，官至尚书、两广总督等，是个为官为学皆丰收的人。他本名叫王守仁，因为曾在阳明洞讲学，人称"阳明先生"。当代学者余秋雨先生对这位古代的同乡大加赞赏，这是可以理解的事，毕竟是同乡，有一点惺惺相惜也是情理之中的事。阳明先生的学问自有文章做证，称之为学者、哲学家都是名副其实，但是，他通过自己的心得使传统的儒学由外向转为内向则是一件违背孔孟意愿的事。

王阳明十分热衷于陆九渊的"宇宙即吾心，吾心即宇宙"的说法，进而发展成"心即理"的思想。根据这一思想，他主张"致良知"，就是向心而致，因为"良知"是与生俱来的，需要良知发现。他的这一理论与孟子的“万物皆备于我”的说法大相径庭，孟子的观点是一种积极的征服自然、征服社会的人生观，而阳明先生则是消极的凡事内省的人生观。儒生在明以后有了“两耳不闻窗外事，一心只读圣贤书”的怪事，恐怕与这种思想有关。其实，孔子是反对死读书的，他认为“不愤不启，不悱不发”，“举一隅”，应该“以三隅反”，可见孔子的启发式传习绝不是关起门来读书。孔子周游列国十三年，就是在寻求理论和实践的结合，如果如阳明先生理论所说，孔子只需率门生弟子在杏坛坐禅即可，何必遭受陈蔡之难？

王阳明的“向心”之说直接影响了他的执政理念，这一点，在他的《谏迎佛疏》中可谓端倪毕现。在这篇写给皇帝的上疏中，他写道：“夫佛者，夷狄之圣人；圣人者，中国之佛也。在彼夷狄，则可用佛氏之教以化愚顽；在我中国，自当用圣人之道以参赞化育，犹行陆者必用车马，渡海者必以舟航。今居中国而师佛教，是犹以车马渡海，虽使造父为御，王良为右，非但不能利涉，必且有沉溺之患。”且不论阳明先生将释迦牟尼与尧舜对比有无道理，也不论尧舜与释迦孰短孰长，单就阳明先生这种对待佛教的心态，我们就可以感受到一种封闭性和排他性。按照他的理论，尧舜也不能进入夷狄，圣人也只能是中国的圣人了。

例四：康有为借尸还魂

康有为（1858—1927），清末资产阶级改良派领袖，近代大儒。近代史上著名的“公车上书”“百日维新”都和他联系在一起。他所著的《新学伪经考》《孔子改制考》影响深远。但是,康有为研究儒学的动机似乎功利性过于明显,他是借孔子之名,行维新之实,也就是为他的改良政治寻找理论后台。有了这样的动机,孔子的观点就很难被康老先生原汁原味地解读,公元前的孔子具有近代的思想观念也就不足为奇了。

应该说康氏的变法主张是积极的,如果中国真的按照康氏的构想发展下去,结果是很难预料的,说不定中国又是一个日本或大不列颠那种国体的模式。然而,康氏的变法被一个老妇人给毁了,那是一个名不正、言不顺的垂帘听政者,依孔子之理论,这种反常的朝廷之事是君子所反对的。康氏变法之功过暂且不论,单就他对孔子言论的解释来说则有太多不妥之处。其实,康老先生不是真的训诂功夫不到,他无非是想给孔子的理论赋予新意,从而用孔子的大旗来凝聚人心,说服大众,堵大臣的言路,撑自己和光绪帝的腰杆。这里不妨举例一二,来看看康氏是怎样注释孔子言论的。《论语注》是康氏的名著,其中有一些注释很令人玩味。

如“子曰:巍巍乎,舜禹之有天下而不与焉。”(《论语·泰伯》)康氏是这样注释的:“此实为君主立宪之法,虽有天下,实为公天下,固不与。舜恭己垂裳,面南无为;禹劳为公仆,而不敢有君天下之心。此借舜禹以明之,孔子微言也。”

再如“子曰:不在其位,不谋其政。”(《论语·宪问》)康氏是这样注释的:“盖司法者不问行政,行政者不得问司法,任兵农者不谋礼乐,司礼乐者不问钱粮。所以防侵官越职也。”

从以上两例中不难发现，康有为着实是发展了孔孟之道，这种发展也着实为他的君主立宪理论找到了令封建遗老无法辩驳的根据，因为腐儒遗老最怕的就是被戴上反孔的帽子，康有为这一手可谓棋高一着。但是，他这种主观主义色彩极浓的发挥却使儒学的本意发生了扭曲，反对康有为的人便把粪水在泼向这个改良派大儒的同时，也自然就泼向了在泗上沉睡的孔子，恨不得一把火烧了孔林，几只锨掘了孔坟。孔子大概早就预料到了后人的所作所为，因此，他在去世的七天前，对着弟子子路悲歌："泰山坏乎！梁柱摧乎！哲人萎乎！"知道孔子胸臆的人，明白孔子的悲歌不仅仅是对自己行将就木的感慨，更主要的是对自己学说如何得以继承的深深忧虑。

始作俑者心态各异

反孔，如果从学术的角度得出的结论，这是学者的自由；如果出自某种政治需要，这反孔就有些令人不齿。五四时期的几个反孔先锋，他们仅仅过去几十年，其著作都有些什么人们已经模糊不清，大概是借了孔夫子的名气，他们还被人偶尔记得起来。值得细想的是，他们中的许多人在进入晚年之后，都对自己当年的意气用事感到后悔，因为在比较了许许多多的社会学说之后，他们发现还是孔子的东西有价值，连洋人哲学家都高度肯定孔子的儒家学说，自己再妄自菲薄，多少有些让人看不起了。更何况日本、韩国的尊孔，并没有阻碍经济的发展和民主的推行，这与他们当年武断地认为孔孟之道是导致封建保守的祸根结果相左,他们不得不进行反思。

首先反思的是所谓新文化运动的鼻祖——胡适。胡适是白话文的倡议者,我们今天能用白话写文章应该归功于这位大学者。胡适是“打倒孔家店”的发明人,后来他的观点有了转折,他认为:“如果对新文化的接受不是有组织的吸收形式,而是采取突然替换的形式,因此引起旧文化的消亡,这确实是全人类的一个重大损失。因此,真正的问题可以这样说:我们应当怎样才能以最有效的方式吸收现代文化,使他同我们固有的文化相一致的协调和继续发展。这个问题的解决,唯有依靠新中国知识界领导人物的远见和历史连续性的意识,依靠他们的机智和技巧,能够成功地把现代文化的精华相连接起来。”读了胡适的这段话,有一种始作俑者无奈的感觉,早知如此,何必当初?研究一下胡先生的著作,儒家思想几乎无处不在,而他自诩的所谓新文化,无非是看了几本西方的书,学了几个新鲜词语,便以此来否定旧的一切,这本身就与五四提倡的科学与民主精神不相符。

陈独秀先生是大名鼎鼎的中国共产党的第一任总书记,他是新文化运动的领袖人物,应该说在传播马克思主义方面他的成绩是奠基性的,但他在接受西方新理念的同时,对传统观念的持续作用估计不足,采取了虚无主义的态度,割断和否定中国文化,将传统的东西一概视作糟粕,这种学术态度影响了一大批青年学生,给传统文化造成了不可弥补的损失。他的这种性格也导致了他在政治上的偏激,所以后来他的失误给中国共产党造成巨大的损失是不难理解的。他说:“若决计改革，一切都应该采取西洋的法子,不必拿什么国粹、国情的鬼话来捣乱。”这样的话现在听来感到很情绪化和极端化,但这的的确确是五四运动开始时的舆论,在这种舆论之下,谈传统和国粹是守旧的表现,在不少学生和老师中出现了“一边喝奶,一边骂娘”的怪现象。

提到反孔,就不能不提到反孔的急先锋——吴虞。吴虞这个名字很多人都感到陌生,令人感慨的是吴虞所反对的孔子家喻户晓,而这位反孔的闯将却很快被人淡忘了,如果不是在追究反孔的事情,这里也不会提到他。吴虞(1871—1949),字又陵,笔名吴吾,四川成都人,近代思想家,学者。吴虞一生最大的思想成就就是反孔、批判儒学,揭露他认为吃人的“礼教”。他在《家族制度为专制制度之根据论》《儒家主张阶级制度之害》《吃人与礼教》等文章中,细数孔子之害,把中国封建的专制完全归罪于孔孟之道,认为“吃人的是讲礼教的,讲礼教的就是吃人的”,好像读书的斯文儒生一个个都成了嗜血成性的魔鬼。吴虞的问题是他把孔家店砸了,却不能建出一个替代它的新店,这不免过于不负责任,靠骂人的语言是建立不了思想体系的,研究历史最科学的方法论就是历史唯物主义,如果只知道砸和烧,把一切传承的纽带都生生割断,我们在精神上岂不都成了孤魂野鬼?

吴虞对儒学中的孝道之所以怀有深仇大恨是有原因的,他本来也是喝着儒学的奶汁成长起来的,他跟从吴之英学诗文,跟从经学家廖平习经，受到的都是儒家的影响，可谓是一个不折不扣的儒生。但是，当他与父亲的关系破裂，被父亲逐出家门后，他的思想深处的儒学理念与现实产生了矛盾，如果恪守儒学信条，他就是个不孝的人；如果否定儒学思想，他的行为还有理由可以申辩。在这种矛盾当中，他选择了后者，走向了儒学的反叛，开始猛烈地对准孔孟开火。胡适称吴虞是“只打孔家店的老英雄”，就是欣赏他对孔家店内横扫一切的胆识，可惜的是胡适本人后来也觉察到了这种打砸烧没有什么益处。

让孔家店罹难最重的应该是20世纪70年代的“批林批孔”运动了。现在很多人都对把孔夫子和林彪扯到一起来批判感到匪夷所思，本来是风马牛不相及的事，批判林彪为什么要把孔子从孔林里掘出来陪审？是出于什么样的动机？这个问题有待于史学家们去好好研究一番。笔者认为这是运动操纵者“不破不立”逻辑思想的一种体现，正如同在一片树林里，如果你不把最高最粗的大树伐倒，你就成不了最高最粗的树一样，孔夫子树大招风也就是情理之中的事了。“批林批孔”运动对孔子的儒学理论极尽歪曲、丑化之能事，用断章取义、故意曲解和胡乱联系的手段使孔孟之道成了过街老鼠。孔子这位宽厚睿智的老先生成了十恶不赦的坏蛋，倒是乱政者少正卯成了正义的化身，连环画上都是一副大义凛然的样子，而孔子则是口衔毛笔、手持屠刀的刽子手。现在，至少有两代人脑子里对儒学、对孔子的理解还是那个时候留下的烙印，由此看来，“批林批孔”的影响是深远的。

孔孟之道归去来兮

任何一种文化都不是十全十美的，都是有局限的，这是当时的历史条件所致。我们在研究一种文化时，是整体把握、全面分析还是以偏概全、攻其一点，这是一个世界观的问题。中国作为四大文明古国中唯一一个在文化上始终保持连续传承的古国，儒家的孔孟之道功不可没，这是任何一个懂得中华民族历史的人都应该承认的事实。那么对这样一种对人类发展极其有益的文化，我们为什么要抛弃它呢？如果不是出于政治因素，而是从对历史负责的立场出发，我们应该大胆地让儒学思想重新回到我们的生活当中，让孔孟之道重新登上大雅之堂。笔者之所以这样来呼唤孔孟之道，是因为我们在完全背离孔孟之道之后，遇到了许许多多问题，而这些问题的解决又缺乏一种让社会信服的理论根据。如果五四运动中那些纵火烧掉孔家店的热血青年还健在的话，他们面对当前现实中出现的令人束手无策的种种社会问题，恐怕也会把药方开到孔家店去。

我们重视儒学，但并不是把儒学作为思想的唯一。儒家产生于百家争鸣之中，还应该回到百家争鸣当中去，把一种学说当成科学神话顶礼膜拜，不许其他学说存在的做法绝不是儒家的本意。谁都知道孔子拜访老子的事情，这件事说明儒家的学术思想是开放而不是封闭的，孔子在老子的理论中汲取了营养，这在他所作的《易传》中就有比较明显的体现。唐朝时期，儒、释、道三教交融，结果有了盛唐之世，从历史的经验可以得出这样一个结论：强国富民之治，在于统治者思想的解放。一个强大的朝代，必然是个兼收并蓄的朝代。呼唤孔孟之道回归的理由是多方面的，主要有以下几点：

理由之一：五四先驱们所崇尚的西方哲人对孔孟之道仰之弥高。

法国启蒙运动的领袖和导师伏尔泰认为："中国文人的宗教（儒学）是令人钦佩的，他们没有任何迷信和荒谬的传说，也没有侮辱理性和曲解自然。"伏尔泰认为儒学是最好最适合人类理性的哲学，并以中国为理想国，提倡以中国化为标准，向往中国的理性道德，推崇孔子。儒学对 18 世纪欧洲反愚昧的启蒙运动产生了深刻的影响，这是儒学对世界文明发展所做出的贡献。

著名启蒙学者、德国哲学家和数学家莱布尼茨（1646—1716）对儒学孔子思想中的理性救世精神深表景仰，他的学生在大学用德语讲授儒学，被称为"孔子的殉道者"。

著名的百科全书派狄德罗（1713—1784）也对儒学十分崇拜，他认为孔子学说简洁可爱，没有暴力和迷信，强调以道德理性治国平天下，与西方教会的迷信观念完全不同，对人的本性的发掘并引导向善是十分积极的。

法国哲学家霍尔巴哈（1723—1789）从一个独特的视角来观察儒家文化，得出了一个令人信服的结论。他从满族人征服中原后被儒家文化同化一事中，看出了儒学的力量，认为"理性对于君权发生了不可思议的效力，使中国的征服者反而被征服了”。不仅是满族人，曾经横扫亚欧大陆的蒙古族人在统治中原不到百年的时间里，不也是在文化上被征服了吗？所以，霍尔巴哈主张要以儒家理性道德观念来代替基督教的神性道德观念，强调“欧洲政府非学中国不可”(《社会的体系》)。

法国学者魁奈认为，孔子提倡的“天理”就是自然规律。他说：“中国文化均依据天理天则，天理天则即不外乎自然法。”他的弟子米拉波曾说：“孔子立教的目的，在于恢复人类的天性，不再被愚昧和贪欲所蒙蔽，所以他提倡敬天、畏天，战胜贪欲，勿以情欲支配行为。应以理性为标准，凡是不合乎理性的就勿动勿思勿言。道德信仰优美到了这个地步，真是无以复加了。”他还说：“我们有一件事需要去做，就是把孔子的这种道德教训普行于世界，这就是吾师的事业。”

当代美国历史学家克力尔曾引用英国作家尤斯塔斯巴尔的话：“对于伟大的孔子所搜集、整理和评论过的那些政治原理，怎么予以赞扬也不是过分的。”

当然，除了对儒学的赞美之外，也有一些西方学者对这种“全盘中化”的思潮提出了异议，如孟德斯鸠、黑格尔等人则认为儒学在政治专制方面起到了推波助澜的作用。其实，这些人所抨击的儒学不是真正的孔子之儒，而是前面提到的那些借坛沽酒的所谓“伪儒”。

理由之二：物欲横流的社会需要仁义道德这条纽带来维系和规范。

越来越多的人开始对缺乏道德和诚信的社会感到担忧不安，当假酒、假药、假文凭到处泛滥无法控制的时候，当有毒奶粉、有毒粉丝、有毒火腿堂而皇之地摆上超市货架的时候，当三角债和拖欠农民工工资所引发的诚信危机令各级官员束手无策的时候，许多人想起了孔子，想起了那被烧毁的孔家店。因为人们发现，仅仅凭法律，道德的大厦建立不起来，在暴利的诱惑下，如果没有道德的制约，人人都有可能铤而走险，马克思的这一预言已经多次不幸被证实。

理由之三：加强未成年人的思想道德建设需要传统的文化来奠基。

任何文化都是有连续性的，思想道德建设作为文化建设的一部分，它需要一种历史的传承，要有根所循，这样，思想道德教育才能为人所信服。我们现在所进行的未成年人思想道德教育，方向是对头的，但遗憾的是至今还没有一套令人满意的教材。现行的教材常出现宣讲者照本宣科、听讲者不以为然的尴尬局面。如果我们对儒学进行一番扬弃，选其精华部分编成一套教材，这个问题并不难解决，毕竟儒学是我们自己祖先创造的文化，毕竟这些优秀的文化造就了一代又一代品学和政绩让后人称颂的君子，毕竟我们已经进入一个思想解放的开明时代。我们在重新翻阅《大学》《中庸》，重新翻阅《三字经》《千字文》的时候，对这些启蒙教材，怎能用“封建”两个字一带而过？《大学》中的“格物致知”，至今被一些大学尊为校训。《三字经》所普及的历史知识和为人之道，哪个国人不能吟上几句？

这至少说明教材选编的成功。

理由之四:孔孟之道的回归并不是要罢黜其他的种种学说和理论。

孔孟之道的一个显著特征是中庸、中和,它反对任何极端的做法,它从来不提倡在学术上你死我活,不像法家那样杀气腾腾。董仲舒独尊儒术的做法是孔子过世三百多年以后的事情,与孔孟无关。我们现在呼唤孔孟之道,只想把原汁原味的儒学放到一个客观公正的桌面上供大家研究,并不是想取代什么,也不会给其他的思想造成危害,只是精神和思想的大街上又有了一家老字号的超市,至于选择的权利,只能交给顾客。

多能鄙事亦圣贤

孔子的童年境遇并不好，他三岁丧父，母亲颜氏带着他离开陬邑纥家，迁居到鲁国国都曲阜城内的阙里。因为颜姓在曲阜是望族，迫于生计的颜氏，只好回到娘家来。心境凄凉、生活清苦的颜氏在三十多岁就撒手人寰，撇下了十六七岁的孔子独自面对艰难的生活。

孔子在办理母亲的丧事上初显处乱不惊的沉稳。他的母亲因种种无法考证的原因，在去世前并没有告诉孔子其父葬于何处，父亲去世时只有三岁的孔子不知道父亲的墓地。这件事的处理，对孔子来说是一个不小的考验。孔父生前为陬邑大夫，必须按习俗的礼仪来办理丧事，其中很重要的一点就是孔子要将父母合葬一处。孔子采取了一个公开征询的办法，将母亲灵柩停放在“五父之衢”，以便引起路人注意，好问询父之墓处。果然，一位车夫的母亲，也是原来孔母颜氏的邻居，把孔父的墓址——防山，告诉了孔子，使孔子实现了父母合葬一处的愿望。在当时，丧葬是头等大事，一个未成年的孩子把它料理得合礼合情，可见孔子从小就具有较强的办事能力。

孔子自己说过：“吾少也贱，故多能鄙事。”所谓鄙事，就是做连孔子自己都瞧不起的工作，大概是些家务劳动、放牧牛羊、婚丧吹鼓手之类的事。但孔子这里用了一个“能”字，也就是说，尽管这是些“鄙事”，但他都能胜任，能把这些他自己内心不喜欢的“鄙事”做好，这就是孔子的过人之处了。孔子年轻时做过两个小差使，一个是乘田，一个是委吏。乘田，就是管理牛羊的小吏，说是小吏，其实就是一个饲养员。孔子在乘田这样的职位上，干得很出色，把牛羊饲养得膘肥体壮。委吏，是仓库的保管员，孔子做这个工作也非常称职，把账目计算得清清楚楚。

从孔子“多能鄙事”来看，至少有以下几点启示可以昭之后人：

一、当你无法选择工作的时候，你必须努力地去适应工作。孔子刚刚走上社会，无依无靠，一切都靠自己去打拼，这个时候，他有了乘田、委吏这样十分低下的职位。本来，依孔子的志向，他是不情愿做这等差事的，但是，他没有好高骛远，而是脚踏实地地去努力做好这两份工作。孔子的表现说明了现实和务实的重要，也说明了“千里之行，始于足下”的道理。如果孔子不能胜任这两项很低下的工作，他的工作能力就会受到怀疑，在社会上也就不会有很好的口碑，这样对他后来在鲁国的发展是很不利的。

二、当你想做好一件事情的时候，必须全身心地投入。“鄙事”之所以鄙，是因为人们在思想感情上对其很排斥，这种排斥直接影响到做事的质量。有的人对自己讨厌的事情耻于为之，只愿意做自己喜欢做的事，这是一种很正常的心态。但是，生活中的许多事情并不以人的意志为转移，有的事情如同拦路之虎，你除了面对它，别无选择，这个时候你必须解决这个拦路虎，否则，人生之路你就无法迈进。要想做好“鄙事”，首先要解决思想感情上的排斥问题，而想不排斥的唯一方法就是在思想感情上接受所谓的“鄙事”，在接受之后注入热情，这样，“鄙事”就不鄙了。我们过去常说这样一句话：革命工作只有分工不同，没有高低贵贱之分。这话的积极意义就在于它能使“鄙事”不鄙，让不同工作的人有着同样的自豪感。投入的好处是不会敷衍，而是生出些兴趣，进而慢慢地对“鄙事”喜欢起来。对于一个人来说，“多能鄙事”，不但不会影响其形象，反倒会使一个人更加可爱起来。

三、当一个人功成名就之时，无须掩饰曾经有过的贫贱。成功人士希望给自己头上罩一顶光环，让自己的血统变得与众不同，以此来区别于众人，这是一个非常普遍的问题。陈涉在做了大王之后，对那段给别人当长工锄大地的历史就非常忌讳，甚至把找上门来的当年许诺“苟富贵，勿相忘”的患难之交一杀了之。有的人自己做了大官，就千方百计在族谱上做文章，通过修谱为自己扯上一位有名望的同姓祖先。这种心理连皇帝也不能免俗，唐代皇族就东拉西扯地把古代的李聃奉为自己的祖先。明代的朱元璋也是想尽办法掩饰自己年轻时那段贫贱的经历，给后人留下了许多传说。其实，有这种心理的人只要学习一下孔子，就大可不必这样去做了，贫贱的经历并不会给你的成功带来阴影，它反而会使你的成功有更加动人的起伏，使你的人生更加魅力无穷。孔子认识到了这一点，所以他不避讳自己曾经有过的贫贱，连自己去参加宴会被人拒之门外这样大伤自尊之事也不避讳，可见孔子是一个非常诚实的人、一个敢于正视自己历史的人。相比之下，那些篡改历史，不择手段为自己脸上涂脂抹粉的人就显得虚伪可憎了。

学孔子 赏音乐

很多人在欣赏音乐方面有些茫然,一场室内古典音乐会下来,感到一头雾水,说不出美妙之处,也提不出问题。这也难怪,对于非专业人士来说,想吃透那些音乐大师的经典之作不是件容易的事。我在观看一场室内音乐会时,注意到台上四个年纪不小的乐手在钢琴伴奏下吹奏单簧管,四位乐手很卖力气,摇头晃脑,脸都憋成了西红柿,但台下的观众交头接耳,没有进入状态。出现这种情况一方面是举办者在曲子的选择上没有考虑观众的欣赏习惯,把一盘上好的西餐端给了希望吃麻辣烫的大哥大嫂;另一方面就是观众缺少必要的音乐欣赏知识积累。那么,对于一般观众来说,应该怎样欣赏音乐呢?这个问题,两千多年前的孔老夫子已经给我们指出了一条路,只是这条路被很多人忽视了。

《论语·八佾》记载:“子语鲁大师乐,曰:乐其可知也,始作,翕如也,从之,纯如也,皦如也,绎如也,以成。”

孔子想告诉鲁国乐官一个什么道理呢?演奏或欣赏音乐是可知的,这里的“可知”权且说是欣赏,开始演奏的时候,要开合协调,接下来,要注意美好的主题,明亮的格调和优美的旋律,这样演奏就成功了。

事实上，直到今天我们欣赏音乐也没有离开孔子所指的路径。一首曲子好不好，音乐想表达的思想是不是纯洁美好，演奏者合作怎么样，是不是开合协调，等等，仍然是绕不过的关键问题。一首曲子表达的主题思想如果颓废消极，很难说它好，人们欣赏音乐是为了审美，而不是来获取绝望和沮丧的。当然，并不是说悲怆的乐曲就不好，在悲怆中传递力量不叫颓废。“皦如”强调的是格调，音乐的格调就像人之秉性，如果与之相处能感到赏心悦目、神清气爽，这种格调一定是高雅的，如同夜晚仰望明月，享受的是皎洁而不是晦暗，音乐“皦如”的魅力自然就焕发出来了。再就是旋律，旋律是否优美动听非常重要，再灵动的思想，再鲜明的格调，如果不通过优美动听的旋律来演绎，也达不到好的效果，这就是孔子强调的“绎如也”。孔子之所以重视乐的教化作用，目的就是看重这个“绎”的过程，乐需要的是和谐、协作和整体作用的发挥，一个成功的合唱团，不能各唱各的调，各吹各的号，要有指挥，要有分工，要突出重点，否则演出无法成功。孔子认为懂得乐之真谛的人，也就具备了齐家治国的基本思想，这也是儒家为什么把关于乐的论述称为经的原因，只可惜《乐经》早已失传。

孔子欣赏音乐还特别注重对音乐背景的了解。他在观看《武》之舞时，就很准确地说出了《武》乐舞的背景。《武》乐原是周公为武王灭商而编排的歌舞，如同今天庆功晚会上的团体操。后来，周公将其固定下来，变成了一种制式演出，简单打个比方，就像现代的《黄河大合唱》一样，只要是纪念抗日战争胜利大型活动演出，基本上不可或缺。《武》乐舞共分六章，当然，具体乐章已经失传，我们只能在《诗经》中见到六首颂词。孔子观看《武》后，对六首颂词做了解释，说第一章表示武王出征；第二章表示灭商胜利；第三章表示武王南下；第四章表示开拓南方疆土；第五章表示以陕为界，分中国为两部，周公和召公分治东西两方；第六章演员都回到原位，表示诸侯会聚京都，尊崇天子。以上是孔子观看《武》时的分析。我们不说孔子这个解释正确与否，至少可以看出，孔子在观看《武》之前是做足了功课的。孔子在洛邑观看《武》，是周新王登基，这个时候离周公治国时代已经有五六百年，能通过一个乐舞来还原武王伐纣的历史并不是件容易之事，如果对音乐背景不了解，热热闹闹看过也就过去了。

孔子欣赏音乐有一个特点，一定要把一支曲子悟深吃透。他在跟襄子学《文王操》这首鼓琴曲时，“十日不进”，襄子说可以了，学习新的曲子吧，但孔子不同意，孔子说，自己只是学会了曲子，还没有掌握方法；过了段时间，襄子认为可以学习新的，孔子认为他还没有领会意境；再过了些时间，襄子又劝，孔子说自己还没了解作者；最后，孔子经过思索感悟，悟出这首曲子的作者是周文王。孔子甚至悟出了周文王“黯然而黑，几然而长，眼如望羊，如王四国”。可见，孔子学习和欣赏音乐绝不浅尝辄止，一定要用心感悟，品味其真谛。

黑格尔对孔子的误读

黑格尔是德国著名哲学家,其学说是马克思主义哲学的重要来源之一,因为这个原因,这位老先生对于国人来说并不陌生。但是很少有人知道,这个以否定见长的老人对孔子也持批判和否定态度。在黑格尔眼中,孔子就是一个世俗老头儿,用一些经验类的格言警句来糊弄人。黑格尔认为:

"孔子是一个实际的世间智者,在他那里,思辨哲学是一点也没有的——只有一些善良的、老练的道德的教训,从里边我们不能获得任何特殊的东西。"《论语》从内容上看,要求臣对君、子对父以及兄弟之间尽义务,"这种义务的实际只是形式的,不是自由的内心的情感,不是主观的自由"。"孔子的哲学就是国家哲学"。在中国,只有皇帝一个人有自由,其他人一律没有自由,一切政令都出自皇帝,"臣民都被看作还处在幼稚的状态"。君臣关系是家庭的放大,等等。

那么,事实真像黑格尔所说的那样吗?回答显然是否定的,因为黑格尔对孔子了解甚少,只是凭几条翻译不全的《论语》就妄下结论。与黑格尔相反的是法国启蒙思想家伏尔泰,这位比黑格尔几乎大一个世纪的思想家对孔子的了解就比较全面,而且能将孔子置于中国文化的大背景中去加以研究。这是因为伏尔泰将孔子的学说贯通起来，而不是孤立地去读几条《论语》。

伏尔泰在《论孔子》中写道，“没有任何立法者比孔夫子曾对世界宣布了更有用的真理”“‘己所不欲，勿施于人’是超过基督教义的最纯粹的道德”。法国1793年宪法所附《人权和公民权宣言》以及法国1795年宪法所附《人和公民的权利和义务宣言》都写入了孔子的名言“己所不欲，勿施于人”，分别定义为自由的道德界限和公民义务的原则。“己所不欲，勿施于人。”这句《论语》中的名言能镌刻在纽约联合国总部的大厅里，被誉为处理国家关系的“黄金法则”，这足以说明伏尔泰的见地是敏锐而正确的。

那么，黑格尔为什么会误读孔子呢？原因大概如下：一是没有系统地研究孔子。研究孔子，不能只看一本《论语》，还要读孔子为《易经》所做的十翼，要读孔子编纂的《诗经》，读孔子作的《春秋》。因为《论语》是孔门弟子根据孔子言论记录而成，所以没有黑格尔所说的逻辑和论证。二是没有从中国文化的视角来看待孔子。黑格尔用德国哲学的视角和标准来审视孔子，不可避免地会出现误差，就像我们读黑格尔的著作一样。如果从中国文化的视角来看，黑格尔是一个登峰造极的诡辩家，这种评价是文化的差异性所致。三是黑格尔把中国社会出现的问题简单地归结到孔子身上，这是不公平的。黑格尔时代，中国已经没有了伏尔泰时期中国的强盛，进入一种相对没落的时期，作为思想家，自然要分析导致这种局面的原因，这个时候，占统治地位的儒家思想就会成为黑格尔的批判对象，孔子自然难辞其咎。

黑格尔对孔子的批判可以理解，因为批判精神是黑格尔的哲学特色，且不说黑格尔研读了几篇孔子著作，即或他读了，这些著作是谁翻译的，翻译得是否准确，也很值得怀疑。中国的文言文，一言胜十语，那个时候没有资料记载有哪个著名的德国汉学家在搞译介，仅仅凭几个传教士那点三脚猫的训诂本事，又如何能翻译出《论语》的博大精深？更何况传教者因为宗教排他性因素，不可能去崇尚孔夫子，要知道孔夫子是不语“怪力乱神”的，而且对六合之外也都存而不议，这种朴素的唯物思想是传教士所不能接受的。

黑格尔对孔子的误读是不可避免的，因为文化的隔阂和信息的匮乏，但是在今天，很多人不做分析地将黑格尔的只言片语奉为圭臬，选择性地引用黑格尔的评价来否定儒家思想，这就是一种浅见了，是一种缺乏文化自信的表现。今天任何一个了解中国传统文化的人，都会认为黑格尔的说法过于偏激。

在这里不得不说的是，黑格尔的一些名言要换个角度去读，比如“凡是现实的东西都是合理的”这句话，就欺骗了德国皇帝许多年，因为他还隐喻了另一层含义：凡是合理的必然都是现实的，而现实的都是应当灭亡的。

祭祀的目的

《论语》中有这样一段记载，当弟子季路向孔子请教人死之事时，孔子说了这样一句名言："不知生，焉知死？"一般情况下，人们很难理解孔子这样的回答，因为从小就非常注重祭祀之事的孔子，应该对生死大事有一种比较成型的观点，怎么会这样回答季路的提问呢？

要回答这个问题，就不能不弄明白孔子祭祀的目的。

季路当时提出了两个问题，一个是问服事鬼神的方法。孔子的回答是："未能事人，焉能事鬼？"就是说活人还不能服事，怎么能去服事死人？第二个问题就是问死之事，孔子便有了"未知生，焉知死"的回答，就是说生的道理还没有弄明白，怎么能够懂得死？

把两个问题的答案联系起来，我们会发现，孔子在生与死、人与鬼之间，关心的是前者而不是后者，这是孔子一贯的世界观，符合他"仁"的倡导。由此，我们不难得出这样一个结论：孔子的祭祀，主要是为了生者。通俗地讲，祭祀死者是给活人看的。

细读孔子的有关文献，可以归纳出以下几条理由来佐证这一结论。

“敬鬼神而远之。”

鬼神迷信是殷周以来流行的传统宗教观念。殷、周时代的人们对鬼神的存在深信不疑。他们认为自然和社会中的现象都由神来支配。但到了春秋时代,这种信仰发生了动摇,人们开始怀疑社会和自然中的一切是否真的是由神来支配的。孔子正是顺应了这一进步的潮流,对鬼神采取了一种敬而远之的务实态度。他一方面不否认鬼神的存在,一方面又不认为鬼神能决定人们的命运。“敬鬼神而远之”,就表明了他的这一立场。孔子为什么要用一个“远”字?其中寓意颇令人寻味,后人把这句话衍变成一个“敬而远之”的成语,其中仍然包含了孔子的原意。大凡要敬重的人和事,都必须有一定的距离,这是一种正常的审美心理,远则敬,近易狎,所说的也是这种心理。对任何事情了如指掌后就会失去一种神秘感,而这种神秘感是被敬者头上的一圈光环打破了,被敬的程度也就打了折扣,这就是远方的和尚会念经的原因。对鬼神,就是要保持一种与现实相应的距离,不离不即,才能产生“敬”的效果。

“祭如在,祭神如神在。”

孔子这句话也说明他对鬼神的态度。祭祖,就好像祖宗在眼前一样,不能敷衍,不能不恭敬;祭神灵,就要像神灵在眼前一样,也不能马马虎虎。这既是要一种认真的态度,又是要一种祭祀的效果,所以孔子说过,如果我不能前去祭祀,我是不让别人代为祭祀的。因为祭祀需要的是真诚,没有了真诚,祭祀也就没有了意义。孔子的话我们还可以这样理解,即使鬼神真的不存在,你祭祀的时候也要当他们存在。因为祭祀所要表达的是自己的一种寄托、一种感情,至于神灵能否知道,也只有心到神知了。

“慎终追远,民德归厚。”

既然鬼神不能决定人们的命运,那么孔子为什么还高度重视丧葬和祭祀呢?他的目的当然是为了“民德归厚”。“慎终”,是指谨慎地对待父母的死亡。古代老死为“终”,慎终,就是要在装殓、埋葬、守孝等事情上必诚必信,无遗憾愧悔。“追远”,是指追念远祖。这两句话的意思是谨慎地料理父母的丧事,追念远代祖先,会引导老百姓忠厚老实。这使我们想起了毛泽东的一段话,就是“今后我们的队伍里不管死了谁,……只要他是做过一些有益的工作的,我们都要给他送葬,开追悼会”。从某种程度看,毛泽东这一说法也是一种“慎终追远”,其目的也是为了教育后人和活着的人,使“民德归厚”。

“非其鬼而祭之,谗也。”

祭祀虽然是给活人看的,但不能没有诚意,更不能把它作为取悦于人的手段。祭祀毕竟是一件十分庄重的事情,唯有充满诚意,才能打动人心。孔子认为:如果不是自己的祖先也去祭拜,这就成了一种献媚。孔子的这个观点非常好,他说明了祭祀的一个重要原则,那就是祭祀的血缘联系。正是有了血缘上的联系,祭祀才能使人惶恐,才能成为一种有效的教育手段。在这种教育形式的作用之下,古人最担心的就是辱没祖先,进不了族谱,使自己死后成了无人祭祀的孤魂野鬼。而古人最为自豪的事就是光宗耀祖,封妻荫子,泽被后人。不是自己的祖先也去祭祀的做法,使祭祀成为一种虚假的形式,与孔子希望的祭祀的目的相去甚远,所以孔子反对这样做。现实生活中的确有不少这样的现象,一些人仅仅出于某种利益的需要,就去参加某某的葬礼,去了又“临丧不哀”,在那么一种场合说说笑笑,相互寒暄,此种现象正是对孔子这一观点的最好诠释。

“子不语怪、力、乱、神。”

孔子从来不谈论怪异、暴力、叛乱和鬼神。分析这个问题很有趣:怪异、暴力、叛乱是孔子极其反对的事情,孔子不去谈论可以理解,那么鬼神怎么能和这三件事情相提并论呢?不管怎么说孔子对鬼神还是心存敬畏的,把它放到这里来讲似乎把鬼神也当成了令人讨厌的东西。其实,孔子在这里已经表示出他对鬼神的怀疑,他不谈论鬼神,一是因为祭祀的对象不能轻易谈论,谈论这样的话题有不敬之嫌;二是谈论这个问题也是妄谈,是一种空对空的议论,谈论再深也是“言不及义”,于身于事都没有益处,所以孔子不主张谈论鬼神。孔子在这个问题上,思想中已经有了无神论的萌芽,受历史局限,他不可能有更超前的阐述,但从他自己不在鬼神问题上花费更多精力来看,他是一个相当现实的人。这也反过来证明了孔子的祭祀是为现实服务的。

今人当识古礼

孔子有句名言，叫克己复礼，是说一个君子，必须时刻要求自己的言行要符合礼制。孔子的要求自然是有道理的，否则，这句名言也不会影响这么深远，成为古往今来众多儒者的座右铭。那么，在与时俱进的今天，我们为什么还要了解古代礼制的一些规定呢？这种识古礼的要求是不是毫无必要呢？回答当然是否定的。今人要了解古礼，这不仅是文化学习的需要，而且是传统传承的需要，更是保持民族文脉的需要。中华民族之所以能够保持强大的影响力和顽强的生命力，我们所共同遵循的礼制起了很好的凝聚作用。仅以春节、中秋节等节日为例，很难想象一个华人会不过春节、中秋节。中华民族如此，其他民族也是如此，世界上很多发达国家仍然在沿用一些明显落伍于时代的旧礼，而不是以改新的名义将一切旧礼统统埋葬掉，其用意当然也是在保持一种文脉，保卫一种民族文化的安全。因此，一个对自己民族有感情的人，是不会对民族的传统无动于衷的，这是一种文化上的责任感。

官礼如炉

好的社会风气不是自然形成的，需要官方做出一些强制性的规定并加以引导和规范。《礼记·曲礼》有这样一段文字：

道德仁义，非礼不成；教训正俗，非礼不备；纷争辨讼，非礼不决；君臣、上下、父子、兄弟，非礼不定；宦学事师，非礼不亲；班朝治军，莅官行法，非礼威严不行；祷祠祭祀，供给鬼神，非礼不诚不庄。是以君子以恭敬撙节退让以明礼。

这段文字的大意是说：道德仁义不通过礼就不能有成效；教育纠正习俗要依据礼才能完备；判断纠纷诉讼如果不依据礼就不能决断；君臣上下，父子兄弟，如果不依据礼就无法确定名分；学习做官，研习六艺，事奉老师，没有礼就不能得到亲授；确定朝官品级，治理军队，担任各种职务的官员到位执法，不依据礼，威严就不能树立，法令就不能实行；祭祀祖先，向神祈福，上供还愿等等，不依据礼就显得心不诚，不庄重严肃。所以，君子用恭敬、谦抑、退让的精神来显示礼。

这段文字的最后两个字，很容易让人联想到我们今天的《公民道德建设纲要》，在《纲要》（以下简称《纲要》）屈指可数的 20 字中，就有“明礼诚信”的要求。那么，如何明礼？在上面这段文字里已经说得很清楚了。无论是在思想道德领域，还是在社会各行各业，都离不开礼的规定作用，如果没有礼的约束，社会就会乱成一锅粥，那么每个人的利益也就无法得到保障，所以说，礼是约束每一个人的，也是保护每一个人的。一个人的素质高低，就是通过“明礼”的程度来体现的。

《礼记》中有“入境而问禁，入国而问俗，入门而问讳”的说法，其目的不仅是避免出洋相，而且是安全的需要。孔子周游列国，对这样的规定应该最有体会，国与国之间法律不同，风俗不同，如果不问清楚就贸然行动，受到责罚是小事，弄不好还会掉脑袋。俗话说“入乡随俗”，也是这个道理。你在国内乱吐口香糖，最多受到众人的鄙视，如果你到了新加坡还这么做，恐怕就要挨鞭子了。在中东和非洲一些国家，男子可以一夫多妻，而我们国内的一些女子不了解这一规定，等嫁过去才傻了眼，连归国探亲都没有了颜面和勇气。到别人家做客，不问清楚民族饮食等方面的忌讳，就容易惹麻烦，出现尴尬局面。

《礼记》中还对国君、大夫和士应该为什么而献身提出了要求：“国君死社稷，大夫死众，士死制。”意思是说，一国之君，应该为江山社稷而献身；一个大夫，应该与士卒共存亡；而一个士，应该为执行国君的政令而鞠躬尽瘁。这样的要求，就否定了那些“冲发一怒为红颜”而置江山社稷于不顾的国君。历史上不乏贪恋美色而误国的皇帝，对这样的皇帝，无论当朝还是后代的史家在评价他们时观点都不会有大的出入，原因就在于《礼记》早已有了这种规定。大夫是具体指挥士卒的将领，一个将领如果不能和自己的士卒共存亡，那么他又怎么来带兵征伐？无论古代还是现在，临阵抛下部队自己逃命的将领，恐怕都会被军法惩处。士是最基层的官员，所以他的使命就是不折不扣地贯彻国君的政令，就是要为工作而献身，做到了这一点，就是做到了尽职尽责。

如果不同级别的官员，都能执行官礼，那么，国家就会健康发展。因此，《礼记》中有“大臣法，小臣廉，官职相序，君臣相正，国之肥也”的说法。为什么要求大臣守法，而小臣廉洁呢？这是因为大臣位高权重，一旦不守法，就会酿成大祸；而小臣是低级官吏，直接与老百姓打交道，如果小臣不廉洁，直接受害的是穷苦百姓，所以危害会更重。现在的情况也是如此，一个高官目无法纪，就会卖官鬻爵，独揽工程，干预司法，贪污公款。而一个乡村干部如果不廉洁，那么遭殃的则是农民，因为他无公款可贪，也无官职可卖，更无工程可包，所以他只会挖空心思去搜刮农民。官职相序，君臣相正是说官职安排合理，君臣相互监督，这也是非常重要的问题。官职安排过多过滥绝不是国家、人民之福，职位越多，人民负担越重，这个道理不难理解。现在有的县市，一个局竟有七八个副职，美其名曰，叫“加长板凳”，这样做，板凳是加长了，可是，纳税人的负担也就随之加重了。君臣相互监督更是有必要的，所以，古代设御使、谏官，可以直接指出皇帝的过失。能做到以上四点，国家就会健壮强大，就会天下大顺。

《礼记》中还有些影响甚广的说法至今被人们所接受。如关于人生大体几个阶段的规定：

“人生十年曰幼，学。二十曰弱，冠。三十曰壮，有室。四十曰强，而仕。五十曰艾，服官政。六十曰耆，指使。七十曰老，而传。八十九十曰耄，七年曰悼，悼与耄，虽有罪，不加刑焉。百年曰期，颐。”

这段文字似乎简易，却规定了人生每个阶段最为重要的事情。十岁以前，是幼儿阶段，称为“幼”，开始学习；二十岁，称为

"弱",要举行加冠之礼,冠礼是成人的标志,头发束起来,带上了帽子,就不能再像小孩子那样无拘无束地撒野了。所以,儒家用一个帽子来标志人的成年。三十岁,称为"壮",既然已经是壮年了,当然要娶妻生子,担当起一家之主的责任。一个人,如果具备条件而年过三十还不成家立业,是一种缺乏责任感的表现,因为人生还有一个责任就是生生不息,如果都图自己潇洒快活,不去为社会为家庭尽一份责任,那么这个社会将会出现很多问题。四十岁,称为"强",是身体和经验都比较好的人生阶段,可以为国家为社会多做一些工作。五十岁,称为"艾",艾是头发花白的形象比喻,说明身体已经走下坡路。这个阶段,可以做大夫的工作,也就是说不再是具体的工作。六十岁,称为"耆",这个阶段只能是指使别人,不能自己再去做什么事情了,我们今天公务员六十退休的规定,最早应该出于此处。七十岁,称为"老",到了这个阶段你就是有天大的事业、亿万的家财,也该向儿子交接班了,因为人生到了老的阶段,如同瓜熟了一般,不知何时就会有蒂落的危险,为了不出现什么意外,还是早做打算为好,哪怕身体再结实也不能违背这种责任规律。八十九十岁的时候,称为"耄",幼儿七岁称为"悼",把耄和悼相提并论,是说这两个阶段有相同之处,人老到一定的阶段,智力、反映、记忆等都会退化,所以有"老小孩"之说,因为这个因素,他们即使犯了罪,也不能加以刑罚,要予以区别对待。一百岁称为"期",这样的寿星就需要人来奉养了。因为这么一条规定,古代历朝历代都有国家奉养老叟的规定,有的皇帝为了彰明此礼，还举办“百叟宴”，以倡导尊老爱幼的社会风尚。

由此看来，从官方的角度制定一些礼的规定是极其必要的，这种官方礼制对百姓是一种陶冶，是保持社会明礼有序的基础。

祭礼如法

祭礼的制定本意在于缅怀前人的功德，凝聚人心，鼓舞斗志。因此，祭礼的制定标准极为严格，不能有含糊的地方。

《礼记》中对祭礼的规定突出了很强的可操作性和现实性。

“夫圣王之制祭祀也：法施于民，则祀之；以死勤事，则祀之；以劳定国，则祀之；能御大灾，则祀之；能捍大患，则祀之。”

从这段文字来看，祭祀的对象除了许多神祇外，就是以上五种有功德的人，即有功德于人民的人，为国家捐躯的人，是开国元勋的人，能抗御重大自然灾害的人，保护庶民不受祸患的人。这五种人都可以称为英雄，称为仁人志士。祭祀这样的英雄，就是希望人们以这些人为榜样，成为对国家社稷有贡献的人。

但是，祭祀毕竟是一种象征，不可不祭，又不能烦琐，要恰到好处。所以，《礼记》中要求：

“祭不欲数，数则烦，烦则不敬。祭不欲疏，疏则怠，怠则忘。是故，君子合诸天道，春禘秋尝。秋，霜露既降，君子履之，必有凄怆之心，非其寒之谓也。春，雨露既濡，君子履之，必有怵惕之心，如将见之。乐以迎来，哀以送往，故禘有乐而尝无乐。”

意思是说，祭礼不要频繁，频繁就会疲劳，疲劳了就会失去恭敬的心情。这一点说得非常好。我们在一些重要的场合时，本来是满怀恭敬和喜悦的心情而去，但因为久等某位领导或明星，往往在疲惫的等待中坏了心境。一些会议也是如此，短而紧凑的会议总是能得到与会人员的好评，而再重要的会议如果冗长拖沓，都会引起一片牢骚声。祭礼不能稀疏，稀疏了就会使人怠慢，怠慢了就会使人淡忘。所以有才识的人就把祭礼和自然运行的法则相配合：春天和秋天进行祭祀。秋天，霜露已经降临大地，有才识的人走在上面，就会产生凄凉的感觉，这种感觉不是因为寒冷，而是因为思念故去的亲人。春天，雨露已经滋润大地，有才识的人走在上面，就会有警醒的心情，好像逝去的亲人要重返人间与其相见。人们用欢快的心情迎接亲人的到来，用悲哀的心绪送别亲人离去，所以春祭用乐舞，而秋祭没有音乐。

这样对春秋两祭进行大致的规定，并说明祭祀的节气原因，就避免了祭祀的随意性和人为的烦琐。否则，不分节令进行祭祀，祭祀时又配以鼓乐舞蹈，不仅牵扯太多，也太耗费人的精力。

不仅如此，《礼记》中对什么人祭祀什么也做了规定。对天帝，只有圣人才可以祭祀，而大多数百姓，只能祭祀自己的亲人，即“唯圣人为能飨帝，孝子为能飨亲”。所以，我们在民间，并看不到老百姓祭祀上天的祭礼，这也避免了百姓在祭祀上的负担，而祭天这样的大祭奠，只能由帝王去承担。

至于具体的祭祀活动及意义，《礼记》的规定也比较明确。

孝子祭亲，主要是追念先祖。祭祀前，要“虑事不可以不豫，比时具物，不可以不备，虚中以治之”，就是说，孝子将要举行祭祀，一切事情都要预先考虑好，到时候所需要的器具物品，要预先备全，要心无杂念，专心致志地处理这件事情。祭祀时，要“尽其悫而悫焉，尽其信而信焉，尽其敬而敬焉，尽其礼而不过失焉”，就是说，孝子在举行祭祀时，要竭尽诚心而表现出心诚的样子，竭尽信念表现出确信有神灵的样子，竭尽敬意表现出敬事鬼神的举动，竭尽礼节而没有过失。

天子祭天，主要是回报大自然的恩赐。祭祀的主要对象是太阳，以月亮相配。这是因为天下之礼，其意义主要有以下五点，即“致反始也，致鬼神也，致和用也，致义也，致让也”，意思是说，天下之礼，一是使人报答上天，二是沟通鬼神，三是财用丰足，四是建立伦理，五是辞谢谦让。报答上天是为了“以厚其本”，沟通鬼神，是为了“以尊上也”，财用丰足是为了“以立民纪”，建立伦理是为了“上下不悖逆矣”，辞谢谦让是为了“以去争也”。“合此五者，以治天下之礼也，虽有奇邪，而不治者则微矣”是说兼备这五种意义可以用来治理天下的礼，即使出现奇异邪恶，不能治理的事情也就很少了。这便是天子祭天的主要目的。

祭祀的意义在于“十伦”，即“见事鬼神之道焉，见君臣之义焉，见父子之伦焉，见贵贱之等焉，见亲疏之杀焉，见爵赏之施焉,见夫妇之别焉,见政事之均焉,见长幼之序焉,见上下之际焉。此之谓十伦”。这十伦译成白话是:一是可以看到奉事鬼神的道理,二是可以看到君臣的要义,三是可以看到父子关系,四是可以看到等级差别,五是可以看到亲疏关系的递次降减,六是可以看到爵赏施与,七是可以看到夫妻的区别,八是可以看到政事的和谐,九是可以看到长幼的秩序,十是可以看到上下的分界。这就是祭祀的十种意义。

对祭祀意义的理解表现出一个人是否贤德。《礼记》中阐明了这样一个观点,在所有的礼中,没有什么比祭礼更重要,因为祭礼是一种发自内心的举动,不是一种例行公事。所以,君子在将要举行祭祀的时候,要斋戒,要整齐身心,停止嗜欲,不听音乐。这样做的目的是摒弃一切杂念,至诚至信,安定心志。

遵守祭祀的礼数是对一个君子的考验,所以古代没有哪一个士大夫敢对此敷衍。鲁迅笔下的祥林嫂,留给读者深刻印象的除了对人物的刻画外,再就是对祭祀场景的描写,在孔子时代过去了两千多年以后,鲁迅先生能以文学的形式表现出这样的场面,足以说明幼时的他没少亲历这种祭祀活动。

亲礼如谱

礼是用来制定人际关系、判断事情嫌疑、分别物类同异、阐明道理是非的。尤其是在制定亲族的关系上,礼的作用不可或缺。一部《礼记》,使人们的伦理关系有条不紊,疏朗明晰,如同悬于中堂的族谱一样,人人寻得自己的位置,不可越位半步。

《礼记》中说道:鹦鹉虽能说话,终究是飞鸟。猩猩虽能说话,终究是禽兽。现今之人如果无礼,虽能说话,不也是禽兽之心吗?因此,圣人要出来制定礼仪,用来教化人类,使人有礼,知道自己区别于禽兽。

亲礼的重要性在于规定了晚辈对长辈应有的行为规范。这种规范其实具有普遍的适应性,因为对于每一个具体的人来说,都是长辈的晚辈,所以规定了晚辈的义务,亲情的礼数就明确了。

对于人子来说,怎么样对待父母?《礼记》中的规定很耐人寻味。比如,“凡为人子之礼,冬温而夏凊,昏定而晨省,在丑夷不争”,这句话的意思是说,作为子女的礼节,冬天要使父母温暖,夏天要使父母清凉,晚上要服侍父母安寝,早晨醒来后要问候请安。与平辈的人相处要和谐,不发生争执。这个要求似乎很简单,但常年做到并不易。有些人不理解,认为冬温夏凊昏定都很有必要,而晨省这样的程式化的举动是否有必要?其实,对于老年人来说,儿女早晨请安是很有道理的,在医疗条件几乎是原始状态的古代,老人去世的时间大都在黎明时分。老年人睡眠轻,如果早晨卧床不起,很可能是身体不适,分室而居的子女过来看望一下,一旦有意外,会处理得更及时一些。由此看来,古人制定的这些礼数,并不是随心所欲,而是根据生活中的经验得来的。

还有一条对儿童的礼数规定也很有教育意义,我们现在的幼儿园都应该有所借鉴。

“幼子常视毋诳,童子不衣裘裳,立必正方,不倾听。长者与之提携,则两手奉长者之手,负剑辟咡诏之,则掩口而对。”这段文字的意思是:不要用谎话教示儿童,儿童不穿裘皮和裙子。站着时一定要端正,不要歪着头听话。长辈和自己拉手,要用双手来握。长辈俯身耳语时,要用手来掩口回答。这样的要求对孩子的成长十分有好处。谎话示儿不利于孩子的诚信品德,人们很好接受;而儿童不穿裘皮和裙子的要求,现在许多家长很难理解,裘皮可以使孩子少受寒,裙子夏天穿着也是理所当然的事情,为什么要禁止呢?其实,这样的规定是古人在对孩子进行一种俭朴教育。俭朴,是儒家提倡的一种美德,这种美德修养需要从孩子抓起。裘皮,无论在古代还是现代,都是一种奢侈品,而裙子也不是一般家庭孩子能穿的,用现在的说法,裙子相当于品牌服装。一个未成年的孩子,过早地被名牌服装所包裹,对孩子的成长绝不会是一件好事。因此,《礼记》中才有了这样的规定。可惜的是,我们现在的一些家庭不明此礼,使孩子们比阔斗富心理日盛,导致了孩子们过早地去体验成人的生活,乱了人生的谱系,这种现象对孩子、对社会,都是无益的。

古人没有现代的医学知识,但从生活经验的积累中得出一些教训和结论,把它用礼的形式规定下来,避免了一些问题的出现。比如说娶妻不娶同姓的规定,这是很有必要的,避免了近亲结婚的后果。大概是生活中同姓人的一些结合,出现了后代痴呆的问题,因此才有这么一条规定。

《礼记》中关于父母有疾病，儿女该如何行事的规定也很有道理。

“父母有疾，冠者不栉，行不翔，言不惰，琴瑟不御，食肉不至变味，饮酒不至变貌，笑不至矧，怒不至詈。疾止复故。”

父母病了，做儿女的当然要费神操心，一个心情忧虑的人，怎么能有闲心把自己打扮得光鲜照人？走路又怎么能兴高采烈？这个时候说话要小心谨慎，不要让父母有不安的想法，不能再弹奏琴瑟，吃肉也不能狼吞虎咽，尝尝味道也就罢了，喝酒也不能满脸涨红，笑的时候不能开怀大笑，生气发怒的时候不能骂人。这种情况要等到父母康复之后再恢复到原来的样子。今天，一般的人不难达到这一要求，而且也不会认为这种要求过分，因为这是人之常情。我们在观看一些热播的电视剧时，常常看到有这样的镜头，就是下班或放了学的子女，一进家门就喊一声：我回来了。这个礼数其实是我们古人在《礼记》中规定的，原文是“夫为人子者，出必告，返必面”。

亲礼的规定尽管有时候多一些，有的连衣服的颜色、说话、赴宴的一些细节都做出规定，但只要结合当时的社会背景仔细分析一下这些规定，均找不到有什么难为人的地方，这说明制定者还是能做到以人为本的，这是儒家思想中很让人感动的地方。

学礼如诗

关于学习方面的礼数，是一个人在成长中必须掌握的内容。儒家注重学习，对学习之礼也就格外重视，《礼记》从诸多方面对学习之礼做了阐述，这些阐述都围绕着一个最基本的观点，千方百计调动学习者的主观能动性，用今天的话说，就是素质教育。因此，我们说儒家是死读书、读死书的观点是不正确的。如果说在隋唐以后存在这种现象，也只能说是科举制度的不良后果，并非儒家经典理论使然。具有讽刺意味的是，我们现在倒是不乏死读书的现象。针对当前的教育现状，有的教育学家曾形象地说现在的中考和高考，出题者和应考者就像在捉迷藏一样，一方在拼命地躲和藏，一方在拼命地找和掘。翻开《礼记》看看，这样的做法早在古代就已经遭到批判。

《礼记》中对学习之礼的描述充满诗意，给人以不尽的联想。就教育的作用而言，认为："君子如欲化民成俗，其必由学乎！"是说教育是国家大事，移风易俗，转变民心，必须从教育入手，通过教育使人民知书达理。因为"玉不琢，不成器；人不学，不知道。是故古之王者建国君民，教学为先"。美玉不经雕琢，不会成为有用的玉器；人不学习，不会懂得道理，因此，古代的圣明君主在建国后的诸多大事中，把教化和学习放在首位。

为了进一步说明学习的重要性，《礼记》中列举了四个事例："不学操缦，不能安弦；不学博依，不能安诗；不学杂服，不能安礼；不兴其艺，不能乐学。"意思是说，不练习指法，就不能弹好琴瑟；不学习比喻修辞，就写不好诗章；不学好生活中的人情世故，就不能尽到礼节；不喜欢学习技艺，学习的兴趣就不会高。《礼记》不仅说明了学习的重要性，而且对学习的方法也有所阐述："大学之法，禁于未发之谓豫，当其可之谓时，不陵节而施之谓孙，相观而善之谓摩。此四者，教之所由兴也。"是说大学的教育方法，在学生不正当的欲望发生前就加以制止，这叫作防患于未然；抓住最恰当的时机进行教育，这叫作合乎时宜；不超越正常的顺序进行教育，这叫作循序渐进；学生相互观摩，取长补短，这叫作切磋琢磨。这四条是教育成功的方法。应该说，这四条教育方法，没有一条是僵化的，是教条的，每一条都充满灵性，体现出了制定者的智慧。

不仅如此，《礼记》对教师提出了要求："君子之教喻也，道而弗牵，强而弗抑，开而弗达。"是说老师在教育学生的时候，要加以引导，而不是拉着、逼他前行；对学生要多加鼓励，而不是使他沮丧压抑；讲解问题时，要善于启发，让学生多自我感悟，不要一下子都讲出来。这是因为，一个好的老师，对学生不只是单纯地传授知识，应着重于学生能力的培养，使学生能够举一反三，独立学习。正所谓"善歌者，使人继其声；善教者，使人继其志"。《礼记》还对老师中存在的一种死记硬背的教学方式提出了批评："记问之学，不足以为人师。"是说那些只知道记诵不懂得领会的人，不配给人家当老师。因为这样的老师不仅不能给学生学习的方法，而且容易挫伤学生的学习兴趣。《礼记》又提出："教也者，长善而救其失者也。"作为教育者，就是要培养、发扬学生的优点，挽救他们的过失。这样的要求是我们教育工作应遵循的原则，如果做不到这一点，那就是人才的浪费、社会的悲剧、教育的失败。

在对老师提出了要求之后,《礼记》对学生也提出了相应的要求:“凡学之道,严师为难。师严然后道尊,道尊然后民知敬学。”这里着重强调尊师的重要。因为,老师得到尊敬,老师所传授的道艺才能受到尊重,道艺受到尊重,人们才能更加注重学习。这是一个良性的循环,是一种引导。正因为这一点,古代的君主只有两种情况对臣子是敬拜的,一种是当臣子做祭祀时的“尸”时,一种就是做老师时。古代太学礼制规定,老师给君主授课时,不必面北居臣位,就是为了突出对老师的尊重。几千年来,人们一直把“天地君亲师”并列,也说明这种尊师的观念已经深入人心,成为传统。

学生不是天资一致的,好的学生对老师所讲知识领会快,这是善于学习的学生,能起到“师逸而功倍”的效果,这样的学生往往还把学习的成绩归功于老师。而不善于学习的学生往往“师勤而功半”,就是说老师很辛苦,可教学效果只有一半,学生还把责任推到老师身上。这应当是做学生的大忌。

乐礼如风

作为六艺之一的乐,曾经是儒家文化的一大特色,可惜的是这方面流传的东西很少,像《乐经》这样的著作已经失传,今人对古乐的研究也就少了途径。但读《礼记》,关于乐之礼,记录还算明确,这些记载,给人一种悠悠古风拂面的感觉,很值得琢磨品味。

说乐礼如风,是因为风不同,乐也不同,风有和风、细风、春风、秋风、狂风等之分，乐也有喜乐、哀乐、燥乐、淫乐、和乐等之别。从盛行的音乐中，可以像从流行的风一样，能看出季节的变化。为此，《礼记》分几个层次说明了音乐的内涵。首先，从音乐的产生来看，音乐是由心而生的。“凡音之起，由人心生也。人心之动，物使之然也。感于物而动，故形于声。声相应，故生变；变成方，谓之音。比音而乐之，及干戚羽旄，谓之乐。”这段文字的意思是：凡是声音的发出，都是内心活动而产生的。人的内心活动，是受到了外物的刺激。对外物的刺激产生感应而活动，就表现为声音。不同的声音相互应和，就会发生变化。抑扬顿挫的变化，使五声交响成歌曲。比照歌曲而用乐器演奏，再文武之舞，这就是乐。从这段文字可以看出，乐，不是单纯的歌或舞，它是歌、舞、器、人综合起来的表演。

既然乐生于心，那么乐之特点就应该以能打动人心为根本标准，不能动人心弦的音乐，不会是好音乐。人在不同的心境下，当然会对外物有不同的感受，所以，其乐也就会有所不同。《礼记》中说：“其哀心感者，其声噍以杀；其乐心感者，其声啴以缓；其喜心感者，其声发以散；其怒心感者，其声粗以厉；其敬心感者，其声直以廉；其爱心感者，其声和以柔。”说的就是这个道理。其大意是：内心产生悲哀的感应，发出的声音急促而低微；内心产生快乐的感应，发出的声音平和而舒缓；内心产生愉悦的感应，发出的声音高昂而悠扬；内心产生愤怒的感应，发出的声音粗壮而猛烈；内心产生恭敬的感应，发出的声音纯正而单一；内心产生爱慕的感应，发出的声音温和而柔顺。《礼记》中规定的这六种特征，已经成了音乐的环境标准，至今还在影响着各类音乐作品的创作。小提琴协奏曲《梁祝》就是一个典型的例子，这个曲子的各乐章几乎包括了以上全部六种感应，正因为如此，《梁祝》才成为不可多得的经典之作。

音乐作为社会的一面镜子，完全可以和政治联系起来。古人认为，听其乐，可以知其政，这也是被历史所证明的事情。所以《礼记》中说："治世之音安以乐，其政和。乱世之音怨以怒，其政乖。亡国之音哀以思，其民困。"先王之所以制定礼乐，并不是仅仅为了愉悦，为了满足人们口腹耳目的欲望，其真正的目的在于教化，用礼乐来教导百姓爱憎分明，回归人之正路。因为礼乐的作用不可低估，有了礼乐，人们心中就不会有怨恨，社会就会和谐。所以说："王者功成作乐，治定制礼。"意思是说王者大功告成的时候才作乐，政治安定才制礼。

那么音乐的本质到底是什么？这个问题《礼记》中也做了解释："故歌之为言也，长言之也。说之，故言之；言之不足，故长言之；长言之不足，故嗟叹之；嗟叹之不足，故不知手之舞之，足之蹈之也。"

这段文字的大意是：唱歌其实也是一种语言，只是把语言的音调拉长罢了。心中喜悦就用语言来表达，语言不够用，就拉长其音调，拉长音调不够，就发出咏叹，咏叹不够，就不知不觉地手舞足蹈了。从这段话里我们不难发现，古人对乐的解释就是语言的一种发挥，归根结底还是内心情志的一种表达。因为只用诗歌的语言来传情达义毕竟有所局限，所以需要诗、乐、舞三位一体，来综合表达内心的情志和喜怒哀乐。这种三位一体的表达反映了一个人的思想境界，正如《礼记》中所说："德者，性之端也；乐者，德之华也。金石丝竹，乐之器也。诗言其志也。歌咏其声也，舞动其容也。三者本于心，然后乐气从之。"

人，要懂一些音乐，这不仅仅是个爱好的问题，也是一个文化素质的问题。反映心声和伦理的音乐能给人以启迪和教化。《礼记》中有个很值得注意的观点，"知声而不知音者，禽兽是也；知音而不知乐者，众庶是也。唯君子为能知乐。是故，审声以知音，审音以知乐，审乐以知政，而治道备矣"。这里的禽兽和凡人是相对于君子而言，意在说明懂得音乐的重要性。一个人只有能分辨声音才可以懂得音理，能分辨音理才能知道音乐的作用，能辨别音乐的作用才可以了解政事的治理。在这种启发之下，就会找到一套治理国家的好办法。从这一点引申开来，就得出了不知道声音的人，不可以和他谈论音理；不了解音理的人，不可以和他谈论音乐的作用，因为一个不知道音乐作用的人，不会是一个和谐的人。

正因为音乐的特征能够反映国家国民的审美取向，所以，不同的国家所崇尚的音乐也就不会有所不同。"德音之谓乐"的国家，必然会"移风易俗，天下皆宁"。而崇尚"溺音之谓乐"的国度，风气自然不会端正。子夏曾评价说："郑音好滥淫志，宋音燕女溺志，卫音趋数烦志，齐音敖辟乔志；此四者皆淫于色而害于德，是以祭祀弗用也。"这种评价是史家所公认的。郑音轻佻，使人心志放荡；宋音耽情，使人心志沉溺；卫音急促，使人心志烦乱；齐音敖辟，使人心志骄逸。这四种音乐都偏重情欲而戕害人们的德行，因此，祭祀时不用这类音乐。《礼记》将古代郑卫地方的音乐称为乱世之音，将桑间濮上的音乐称为亡国之音，就是因为这些音乐宫、商、角、徵、羽五音相互混杂，交相侵凌，结果“其政散，其民流，诬上行私而可止也”。意思是说政治腐败，百姓流离失所，官吏欺上瞒下，各自为政而无法制止。国人一直有抵制所谓“靡靡之音”的观念，理论根据大概亦出于此。

儒礼如山

《礼记》所述诸多礼数，都是儒者应遵循之礼，但对于儒者来说，还有一些原则性和普遍意义的要求，这些原则像巍巍泰山一样不可撼动，这就是儒行之礼。

在服饰方面，儒礼表现出应有的随意性和宽容性。儒家不像道家那样几百年服装统一，打扮一致。儒家主张在服装方面要入乡随俗，只要“衣冠中”，即穿戴适中，不异于众，不流于俗就可以。孔子本人对儒服的说法是，“其服也乡”，至于其他的要求他也不知道。可见，儒礼并无特殊的穿着规定。

对儒服没有要求，但对儒者行为上的标准就比较明确。孔子曾形象地比喻：儒者就像席上的珍品等待聘用，努力地学习以待请教，心怀忠诚等待举荐，勉力而行等待有识者的录用。这是强调儒者的修身和立身问题。儒者在这个问题上始终把出发点和落脚点放在内因上，所以，儒者不会怨天尤人，不会去为讨条捷径而去节省力气。一个真正的儒者，是不会不择手段地去跑官买官的，他们“爱其死以有待也，养其身以有为也”，意思是说爱惜生命以等待时机来临，保养身体时刻准备有所作为。

儒者在行为上保持一种不偏不倚的中庸态度，言必先信，行必中正，慎微慎独。所以如果一个儒者驾车，哪怕是在无警察无路人的半夜，他也不会闯红灯，因为他的行为信条是“克己复礼”。一个以“克己复礼”为信条的人，必定会“幽居而不淫，上通而不困”，就是说独处时不会放纵自己，通达于礼而不会精神萎靡。

儒者对财富的要求也是低调的。“儒有不宝金玉，而忠信以为宝；不祈土地，立义以为土地；不祈多积，多文以为富。”金银玉器在儒者眼里不算是宝贝，儒者眼里看重的是忠信；儒者不祈求占有多少土地，而是把占有道义作为立身之地；不以攒有多少金钱为财富，而是把多学习到的知识作为财富。这就是儒者的金钱观。

当前，在市场经济浪潮的激荡中，人们的金钱观发生了一些相应的变化，这固然可以理解，但把金钱作为衡量一切的唯一尺度，其负面影响就显而易见了。在这方面，儒者的金钱观是可以借鉴的。儒者“有委之以货财，淹之以乐好，见利不亏其义；劫之以众，沮之以兵，见死不更其守”。要达到这种境界，说明儒者的思想意志是坚定的，是有着钢铁一样操守的。哪怕你用金钱、股票、名牌商品来贿赂，哪怕你用美女、桑拿、卡拉OK来腐蚀，儒者仍然能做到“见利不亏其义”，就是说不会使原则问题受到损害。哪怕你用一批地痞、流氓、黑社会来威逼，哪怕你用利刃抵住脖子来恐吓，而儒者也不会因怕死而改变操守。这是儒者的气节，是中国古代读书人所共同追求和崇尚的气节。

儒者对贫困的态度是豁达的。“其居处不淫，其饮食不溽”就可以了，这里的“不淫”，就是不奢侈；“不溽”，就是不厚味，是指生活简朴，粗茶淡饭。《礼记》中还具体描述了一个儒者居住的地方。

“儒有一亩之宫，环堵之室，筚门圭窬，蓬户瓮牖；易衣而出，并日而食，上答之不敢以疑，上不答不敢以谄，其仕有如此者。”

从描述中我们看到儒者在生活上的要求是很容易满足的，能够安于清贫，安贫乐道。一亩之宫，是长、宽各十步的墙垣，也就是说院落很狭小。堵，是指很窄的面积。筚门圭窬，是说正门由荆竹编成，旁门则是在墙上随意挖了个“圭”形的洞。用草编的屋门，用瓦瓮做窗，外出时方能换上一身体面点的衣服，两天吃一日的粮食。君主采纳自己的意见，不以贰心事君，怀疑君主的能力；君主不接受自己的意见，也不低三下四，谄媚讨好。儒者既不因贫贱而困迫失志，也不因富贵而骄奢失节，要有一种穷且益坚，不坠青云之志的精神。《礼记》中的这一记载，似乎就是在写颜回，在对待贫困的态度上，颜回是一个难得的榜样。

在对待国家利益方面，儒者的原则是国家利益高于一切。过去，有文人相轻的说法。其实，真正的儒者是“同弗与，异弗非也”，就是说不和见解相同的人结党，也不诋毁见解不同的人。要“苟利国家，不求富贵”。在举荐人才方面，要有儒者胸襟，做到“内称不避亲，外举不避怨”，一切以人才为重，以大局为重。国君如果有过失，要委婉地提出并加以劝诫，不能装聋作哑，更不能为虎作伥。

在对待朋友问题上，儒者“可亲而不可劫也，可近而不可迫也，可杀而不可辱也”，要保持一种和而不同的独立人格。但对于朋友，要表现出高度的负责精神。“儒皆闻善以相告也，见善以相示也；爵位相先也，患难相死也；久相待也，远相致也。”这是说儒者听到有益的话要告诉朋友，遇到有益的事要告知朋友，有提拔的机会，相互推让，患难的时候，争相赴死。朋友在他国不得志，哪怕路途再远也要招来共同发展。这一点，很有些“苟富贵，勿相忘”的意思，这不是一种无原则的帮助，而是一种共同志向间的提携，因为儒者交朋友有个前提，那就是“儒有合志同方，营道同术：并立则乐，相下不厌；久不相见，闻流言不信；其行本方立义，同而进，不同而退”。是说儒者交朋友，要有相同的志向，研究道艺有相同的方法。彼此有建树都为之高兴，不发迹也不能相互厌弃。如果很久没有见面，有流言蜚语也不要盲目相信。儒者这种交友之道是很正确的，既然志同道合，成了朋友，就应该同甘苦、共患难，不要再以金钱、地位来影响相互间的友谊,更不能无端地听从别人的挑拨,猜疑、怀疑朋友。志向相同就好好相处,志向相异就平静地分手。现在一些人,做朋友时关系甜如蜜,分手后相互视为仇,这实在大可不必,对人,应该有一种儒者的宽容,更何况曾经朋友一场,留一份记忆总比多一份嫉恨要好。

敬畏是护身符

孔子说君子有三畏，畏天命，畏大人，畏圣人之言。小人不知天命而不畏也，狎大人，侮圣人之言。此三者不得不畏，因为这是君子的护身符。

天命，是上天的旨意，用今天的话说，是大自然的规律，不遵守规律，必然遭受大自然的惩罚，这是人类进化的重要教训。畏天命不是孔子的发明，《尚书》中就有“先王有服，恪谨天命”的说法。天命，在生活中又叫命数。这是一个复杂的概念，人们至今尚不能研究透彻。唐人刘禹锡在《天论》中认为，凡物必有数，由数可以得理，顺乘其势。刘禹锡说的数和理，就是《易》中所要探究的变化规律。

抛开其他问题不讲，就自然规律而言，不敬畏者必遭惩罚。恩格斯说：“我们不要过分陶醉于对大自然的胜利，对于每一次这样的胜利，自然界都报复了我们。”的确，人类每一次对大自然的破坏，都会收到成倍的惩罚，只是个时间问题而已。

畏天命，君子便不会横遭不测。在科技不发达的古代，敬畏是保护自己的最好手段，而不畏天命，违背自然之道，则常常死于非命。古代蒙古草原上的游牧部落，普遍畏惧雷电，这是生命换来的生存教训。一马平川的大草原上，在雷电交加之时，你骑马出去放牧，不成为雷击的活靶子才怪！所以牧民遇有雷电便会伏地等待，任凭雷鸣雨淋，不再起身活动，直至雷电过去。

畏大人，则是对权威的敬畏。大人，一般是指老者、长者和尊者，代表着权力和威严。君子畏大人，就会保持谦虚谨慎的态度，不会傲慢无礼，不会忘乎所以，处处依礼行事，不越雷池。在古代，对长者不敬，说明此人无礼；对老者不敬，说明此人不孝；对尊者不敬，则会受到惩罚。君子要想行稳致远，必须夕惕若厉，敬畏大人，否则永远不会有“利见大人”的机遇。畏大人的实质是时刻提醒自己知道“我是谁”，给自己在社会生活中有个准确的定位，这是孔子特别看重的一点。不当位，就做不到名正言顺。孔子对卫国发生的父子继位之争，曾发表过著名的一段话：“必也正名乎……名不正则言不顺，言不顺则事不成……”因此，君子在社会上一定要找准位置，名正言顺地做人做事。

现实生活中，有的人领导不喜欢，下属有意见，问题出在什么地方？其中具有共性的一个原因就是摆不正位置，因为工作错位，导致边界不清，职责混淆，做什么都不会顺畅，还会引起矛盾。打个比方，一个国防大臣，整天不去研究国防，却一头钻进国民经济领域去发号施令，这个动机就值得怀疑了。所以孔子有个观点：君子思不出其位，不在其位，不谋其政。

畏圣人之言，实际上是敬畏真理。古代没有真理这样的哲学概念。自然规律，称之为天命、天理；社会规矩，则体现在圣人的教诲上。孔子眼中的圣人尽是社会公认的圣贤，不是一般人能获得的称号，尧舜禹是，文王武王周公是，春秋之前有卓越政绩的一些大夫是，而同时代的人，几乎没有被称为圣人的。在孔子眼中，圣人之言代表人类社会宝贵的实践经验，对此不得不敬畏。比如说，圣人主张少言、慎言，孔子便进一步阐发了这一思想。圣人主张“敬德保民”，孔子便因此发挥出仁政、德政思想，等等，孔子从圣人之言中受益良多，所以才深有感触地发出要畏圣人之言的提醒。

现实生活中也是这样，一个有敬畏之心的人，就是一个有所遵循的人，这样的人不会见利忘义，不会为所欲为，更不会铤而走险。和有所敬畏的人在一起，你会感到安全、上进、充满正能量；而和那些无所敬畏的人在一起，很难预料会有什么出格的事情发生，稍不留意，便会被稀里糊涂带到泥淖里去。这是孔子提倡要交益友而不交损友的原因。

君子不急断

孔子曰:“中人之情,有余则侈,不足则俭,无禁则淫,无度则逸,纵欲则败。是故鞭朴之子,不从父之教,刑戮之民,不从君之令,此言疾之难忍,急之难行也。故君子不急断,不急制,使饮食有量,衣服有节,宫室有度,畜积有数,车器有限。所以防乱之原也。”这段话的大意是,一般人的情况是这样:财物有余就会浪费,不足就会节省,没有禁令就会过度,没有限制就会放纵,欲望不遏制就会失败。所以,鞭打儿子,儿子便不会听从父亲教育,以刑法杀戮百姓,百姓便不会听从君主命令,这是说行动过快就难以让人忍受,要求太急就让人难以做到。所以君子不急于决断,不急于颁发规定,使饮食适量,衣服朴素,住房不奢华,积蓄有定数,车器有标准,这是防止祸乱的根本方法。

这段话的其他含义暂不多说,此文单就“君子不急断,不急制”一句做些分析。

由“不急断,不急制”可以想象,孔子是一个做事有板有眼、轻重缓急把握非常到位的智慧老人。“不急断,不急制”是一句发自肺腑的千古忠告,历史经验证明,任何急断、急制的做法,不论出发点多么好,往往都会留下一个烂摊子。

急断,就是匆匆忙忙做出决定。这样的决定必然先天缺欠：一则调查研究不够，情况摸排不准，容易犯主观臆断的错误；二则情绪导向严重，容易感情用事，缺乏理智思考；三则没有试点试验，一下子全面铺开，一发不可收拾。

急制，是匆匆忙忙颁布制度，急制除了出现急断的弊端外，还会出现外溢现象，比如说上面限速 80，到中间环节就变成限速 60，层层加码，至最后环节，限速变成了 40，这是权力传导过程中的必然结果。正所谓上面一条缝，下面一道沟，权力传导会导致刀俎越来越锋利，而鱼肉越来越柔弱，连一根阻挡刀刃的骨头都不会存在。当然，矛盾的积累也就越来越不可调和，孔子所说的“乱之原”也就会日渐扩展，酿成灾难。

历史上急断、急制的教训很多，最为典型的便是秦朝和隋朝灭亡的悲剧。秦始皇统一六国，本来应该稳定政权，休养生息，却在法家治国的理念下做了许多急断、急制，尤其是迁徙六国贵族、残酷到极限的徭役、连坐等暴政制度的出台，直接引发了陈胜吴广所领导的农民起义。陈胜说得很有道理：今亡亦死，举大计亦死，等死，死国可乎？奔赴修长城路上的人发出这样的号召，说明法令的制定考虑不周。不能按期到达修长城工地的劳工，依律要杀头，这样做出的急制，没有考虑到下雨等不可抗拒因素，主客观原因不分，一律杀头，劳工们不肯坐以待毙，揭竿而起也就在所难免。

隋朝也如此，隋炀帝在大业八年到大业十年之间，发动了三次征伐高句丽的战争，最大的一次动用兵力、人力 500 万，东莱海口的工匠夜以继日地站在水中造船，腰以下生满蛆虫，十分之三四的人因此死去。因为是急断、急制，隋军没有有效的兵力整合部署，缺乏战前动员部署，绵延千里的大军挤满行军路，熙熙攘攘，昼夜不停，疾病蔓延，死者相枕，可以说仗没开打，隋军已经失了士气。

孔子一生都主张不急不躁，说君子要讷于言而敏于行，这里的敏，不是做事要急就，而是应该勤勉。弟子季文子做事情喜欢“三思而后行”，他说：再，斯可矣！很显然，孔子是赞成做事情考虑周密一点的。考虑周密绝不是优柔寡断，定下来的事，轻易不要变，要言而有信，如果朝令夕改，那就是言而无信。治理国家者在百姓中树立良好信誉至关重要，“徙木立信”就说明这个道理。

孔子认为从政要尊五美，去四恶，四恶之一就是“慢令至期”。什么是“慢令至期”呢？就是原本懈怠、没有紧张的状态，突然间急断、急制，提出难以完成的要求，然后一刀切严令按期完成，就好比上午下发通知，下午就要上报结果，连个落实的时间都不给，这便是孔子所说的恶政。急断、急制一般源自君主心血来潮，像齐景公，精力充沛，好突发奇想，最终为齐国埋下了祸患。所以，邓小平有句名言，政治家不要点子太多，此话隐含着不要急断、急制的含义。

君子应该努力做到处乱不惊，临危不惧，不能遇事就匆匆急断、急制。看到别人患病，自己不分青红皂白就大把大把吃药，甚至提出要多吃、快吃的口号，其原因就是忽略了孔子君子不急断、不急制的告诫。急断易不周，急制后患多，君子懂得了这一点，就不能总是折腾个没完，还是要揣摩孔子那句老话："无欲速，无见小利。欲速则不达，见小利则大事不成。"目标确立之后，一定要统筹谋划，协调推进，不骄不躁，善作善成。

君子以服务恶政为耻

原宪问孔子什么是君子的耻辱，孔子回答得很简单："邦有道，谷；邦无道，谷，耻也。"这句话的意思是，如果国家无道，你还出来做官拿俸禄，这就是君子的耻辱。

那么，孔子为什么会把"邦无道，谷"作为君子的耻辱呢？这是因为无道之邦已经触碰了孔子信仰的底线，为无道的政治服务，等于助纣为虐，自然是最大的耻辱。

孔子在鲁国做官，职位已经到了大司寇摄行相职，可以说是治国理政的要职，但当鲁国国君鲁定公沉湎于齐国所贿赂的美女和宝马时，孔子选择了离开。事情是这样的。齐国知道孔子治理鲁国很有成效，害怕鲁国强大了会威胁齐国，就心生一计，离间鲁国君臣。他们为鲁国送去精选出的美女和宝马，使鲁定公和季桓子整日乐不思政，鲁国政治懈怠，这种情况下，孔子辞去官职开始周游列国。

孔子之所以推崇伯夷、叔齐，就是因为他们宁可饿死于首阳山，也不出来为周做事。谁都知道孔子褒周贬商，既然商无道，那么为什么孔子仍然赞扬伯夷、叔齐呢？这是因为站在伯夷叔齐的立场，他们无法判断取代商的周是不是有道之邦，他们的选择只能是跟着感觉走，也就是说一个诸侯国推翻了宗主国，这是大逆不道之举，他们怎么能出来服务于叛逆之周呢？孔子没有去苛求这两位“逸民”，认为他们秉持了“邦无道，谷，则耻”的信念，因此夸赞他们是君子的表率。

孔子将君子之耻首归于为恶政服务上，可谓一语中的，抓住了要害。恶政，虽然始作俑者是君主，但一大批狐假虎威、助纣为虐的酷吏才是虎狼之患。如果领取俸禄的官吏能以服务恶政为耻，从而机智地离开，那些独夫民贼就会失去爪牙和羽翼，也就不能为祸天下。第二次世界大战的罪魁祸首希特勒固然可恨，但希特勒的那些帮凶对这个魔鬼的炼成却起到了很大作用。先说他的党卫军帮凶希姆莱，这个屠杀犹太人的刽子手其实并无信仰，追随希特勒就是为了发达，果然，他从一个小秘书，被提拔为纳粹举足轻重的人物，但当他看到希特勒大势已去时，又开始偷偷和盟军接触，被希特勒开除纳粹党籍。作为希特勒的爪牙，希姆莱罪恶累累，他直接策划并屠杀了大量犹太人，成了希特勒的杀人工具。再说戈培尔，这个纳粹时期的教育和宣传部部长，被称为“创造希特勒的人”，上任后的第一件事就是将纳粹所禁之书焚毁，开始对媒体、艺术和信息进行专制控制。可以说，如果没有戈培尔的宣传鼓动，纳粹不会蛊惑那么多德国民众，从这一点来说，戈培尔的为害并不比希特勒差多少。当人们从纪录片中看到纳粹分子手臂林立地狂呼时，再想想孔子的话，是不是会觉得很有道理？

要想做到不为恶政服务，首先要有坚定的信念，这就是孔子所推崇的“志于道”。道是行为的最高标准，孔子的道主要是指“仁”与“礼”，在治理国家方面，要“为政以德”，用道德和礼教来治理国家，反对苛政、暴政。事实上，孔子的道归根结底是人道，那些无道之邦，本质上是反人道的，对于违反人道的国家，君子不要出来辅佐它。

问耻的原宪是孔子门生，他没有辜负老师的教诲，老师去世后，他在卫国一条小巷子里居住，房屋极其简陋，茅草屋顶，蓬蒿编门，破瓮做窗，安贫乐道，直至晚年，从而成就了历史上著名的“原宪甘贫”佳话，也留下了“原宪桑枢”这个成语。

开门需谨慎

《孔子家语》载:鲁人有独处室者,邻之嫠妇,亦独处一室。夜暴风雨至,嫠妇室坏,趋而托焉,鲁人闭户而不纳。嫠妇自牖与之言:“何不仁而不纳我乎?”鲁人曰:“吾闻男女不六十不同居,今子幼吾亦幼,是以不敢纳尔也。”妇人曰:“子何不如柳下惠?然妪不逮门之女,国人不称其乱。”鲁人曰:“柳下惠则可,吾固不可。吾将以吾之不可,学柳下惠之可。”孔子闻之曰:“善哉!欲学柳下惠者,未有似于此者,期于至善而不袭其为,可谓智乎!”这个故事的大意是:鲁国有一独居男子,隔壁住着一位寡妇。一个暴风骤雨之夜,女人的住房坏了,于是来敲男子家门,恳求入户躲避风雨,男子为避嫌,闭户不纳。女子隔着窗户对男子说:“您为何不发仁爱之心,让我进屋躲避风雨?”男子说:“我听说男人和女人不到六十岁不可以同居一室,现在你年轻我也年轻,因此不敢开门让你进来。”女子说:“您为什么不能像柳下惠那样呢?柳下惠把无家可归的女子当老妇来救助,国人并没有说他淫乱的。”男子答道:“柳下惠可以坐怀不乱,我则不可。我将以我之不可,学柳下惠之可。”后来孔子听说此事,称赞该鲁国男子:“学柳下惠而不生搬硬套。真聪明呀!”

孔子夸赞这个独居鲁人理由很简单,就是看好了鲁人的谨慎,守住了家门。

应该肯定这个独居的鲁人定力非凡,他不开门,什么事便没有发生,一旦开了门,接下来的事就不是那么容易把握了。孔子表扬他,自然有表扬的理由:第一,柳下惠避雨的破庙是公共场所,柳下惠和那个饥寒交迫的女子在破庙中居于一室,是一种避险行为。这个年轻寡妇要进入的是男子的家,家属于私人居所,年轻寡妇进来,好说不好听。第二,柳下惠与那个避雨的女子素昧平生,两人是雨中邂逅,次日雨过天晴,两人从此天各一方,互无挂碍。而这个借宿的女子是自己的邻居,两人低头不见抬头见,一旦有了同居一室的秘密,关系便很难说清楚。第三,鲁人大概知道自己不是柳下惠那样的圣人,没有坐怀不乱的本领,孤男寡女,干柴烈火,开门之后,后面的剧情能不能向纵深发展难以预料,所以,还是闭门不开为上策。因为门一旦开启,想关上就难了。正是基于这些原因,孔子对鲁人的做法大加赞赏。

孔子通过表扬鲁人的做法想告诉人们,学习柳下惠,不能简单地去模仿。须知,人性是经受不住考验的,明白情网难以摆脱,还是不要堕入为好。因为你一个光棍儿汉,不像柳下惠那样有个知书达理的妻子,送到嘴边的肥肉,万一忍不住偷吃一口,是悲剧还是喜剧只有天知晓了。

网上一直流传这样一个帖子:丹麦著名医学家、诺贝尔奖得主芬森晚年想培养一个接班人,在众多候选者中,芬森选中了一个叫哈里的年轻医生。但芬森担心这个年轻人不能在十分枯燥的医学研究中坚守。芬森的助理乔治提出建议，让芬森的一个朋友假意出高薪聘请哈里，看他会不会动心。然而，芬森却拒绝了乔治的建议。他说："不要站在道德的高制点上俯瞰别人，也永远别去考验人性。哈里出身于贫民窟，怎么会不对金钱有所渴望？如果我们一定要设置难题考验他，一方面要给他一个轻松的高薪工作，另一方面希望他选择拒绝，这就要求他必须是一个圣人……"最终，哈里成了芬森的弟子。若干年后，哈里成为丹麦医学家。当他听说了芬森当年拒绝考验自己人性的事时，他老泪纵横地说："假如当年恩师用巨大的利益做诱饵，来评估我的人格，我肯定会掉进那个陷阱。因为当时我母亲患病在床需要医治，而我的弟妹们也等着我供他们上学，如果那样，我就没有现在的成就了……"

这个故事也说明，人性是经受不住考验的。鲁人不接受避雨女人的考验是聪明的选择，能像柳下惠那样坐怀不乱的圣人，也许五百年才能出一个。

孔子出生之谜

名人传闻多,在信息不发达的古代也是如此。关于孔子的出生之谜,就有多个版本。崇孔尊孔的年代,孔子被说成是龙生虎乳鹰打扇;批孔贬孔时期,孔子就成了灰头土脸的私生子。这本来都是后人附加演绎的故事,不能盲目相信。细究起来,关于私生子一说,出自司马迁《史记》:孔子生鲁昌平乡陬邑。先宋人也,曰孔防叔。防叔生伯夏,伯夏生叔梁纥。纥与颜氏女野合而生孔子,祷于尼丘得孔子。鲁襄公二十二年而孔子生。生而首上圩顶,故因名曰丘云。字仲尼,姓孔氏。这段话大意是:孔子出生在鲁国昌平乡的陬邑。他的祖先是宋国人,叫孔防叔。防叔生伯夏,伯夏生了叔梁纥。叔梁纥年老时娶颜姓少女才生了孔子,他们是到尼丘山向神明祷告后而得孔子的。鲁襄公二十二年孔子诞生。他刚出生时头顶是凹下去的,所以就给他取名叫丘。字仲尼,姓孔氏。

读过以上文字,很多人把注意力用在了“野合”上,进而由野合,得出了私生子一说。那么,野合究竟是什么意思呢?在传承了周礼的鲁国,礼法思想根深蒂固,根据礼制,男人结婚年龄在十六至六十四岁之间,女性结婚在十四岁至四十九岁之间。孔子父亲叔梁纥成婚时已经六十六岁,而母亲颜征在只有十五岁，两人年龄悬殊，此种婚姻在当时不合礼法，虽然父母之命、媒妁之言皆备，但还是被称为野合。所以说在司马迁之前两百多年间，人们传说的野合，并不是后人附会的野外交媾，而是相对于礼法而言。

叔梁纥是名门之后，自身是战功卓著的陬邑大夫，而且一向威严严肃，让这样一个人到郊外行苟且之事难合常理。叔梁纥的妻子施氏生了九个女儿，唯一一个儿子孟皮还是个跛脚，在当时讲究家族传承的大背景下，再娶年龄尚小的颜征在，也是不得已的事。《孔子世家》中记载，颜家有三个女儿，征在最小，但颜父提出叔梁纥求婚一事时，两个姐姐都表示反对，只有最小的征在表示听从父亲的安排。这一记载虽然不足信，但至少说明叔梁纥当时走了说媒的程序。既然已经明媒正娶，再偷偷摸摸野合，岂不是多此一举？

说孔子是私生子的人，会提到一个根据，那就是《周礼·地官·媒氏》规定："仲春之月。令会男女，于是时也，奔者不禁，若无故而不用令者，罚之。"好像这个规定给野合找到了根据，其实这是误读，古人男欢女爱还没有解放到那个程度，这个会应该是合乎规定年龄的男女青年，应该在仲春这个季节到有司那里报告结婚，而不是鼓励男女到外面私奔。《孟子》认为私奔是很低贱的事，国家怎么会鼓励呢？所以以此来演绎颜征在和叔梁纥之间是美女爱英雄、穷家女追求富贵哥那就错了。叔梁纥虽为陬邑大夫，但家道中落，并不富裕，三岁丧父的孔子后来说自己小时候："吾少也贱，故多能鄙事。"如果家境优渥，孔子也不至于去做赶车人和仓库保管员这样的差事。

有人还根据颜征在在尼山附近一处荒坡上生下了孔子，将那山命名为“颜母山”。颜氏生下孔子，口渴难耐，便到一井边，无力取水，扳倒井壁，井水流出，便有了“扳倒井”的传说。颜氏野外生孔子一说被用来反推孔子是私生子，因为不是私生子，何必到外面去生，还出现了一个扳倒井的神话？这实际是后人根据野合一说演绎出的故事罢了。一个大夫之家的女人生孩子，日子再窘迫也不至于流落野外，很显然，这个故事是根据颜征在到尼山去祷告求子一事发挥而来。叔梁纥娶颜氏目的很明确，就是为了生一个健康的儿子，婚后为了求得神灵保佑去尼山庙中求子，这是很自然的事。叔梁纥夫妇祷告于尼山，生子后给儿子取名尼很正常，不能过多演绎，哗众取宠。

还有人觉得孔子母亲去世后，孔子“不知其墓，殡于五父之衢”，用不知父亲墓地这个事来证明孔子是私生子，这是不明白孔子之前祭祀先祖的习俗。孔子之前，鲁国在丧葬上主张“不封不树”，不举行“墓祭”，祭祀都是在家庙、祠堂中进行，这是因为古代交通不便，野兽也多，到墓地祭祀极为不便。叔梁纥已经去世十四年，又是葬在离曲阜二十多华里的防山，找不到墓地是很正常的事情。孔子在一位车夫妻子的指点下找到了父亲墓地，合葬了父母，并筑起一个坟盔，这等于开创了一种墓祭的丧葬文化。后来孔子去世，弟子们守墓三年乃至六年，便是来源于此。

其实，今天争论孔子是不是私生子这样的问题已经没有意义。即或孔子是私生子又有何妨？历史上传说秦始皇就是私生子，这并没有影响他一扫六国，建立大秦帝国。孔子不管是不是私生子，人们高山仰止的是他的学问，丝毫不影响孔子伟大思想的光辉。

孔子的财富观

很多人认为孔子耻于谈论财富，圣人嘛，怎么能谈论俗事？有一位很有名的大人物说过，自己兜里从没装过钱，也装出一副对钱嗤之以鼻的样子，很可惜他成不了圣人，因为身为高官的他到哪里巡查还用自己破费？不仅自己不用破费，随从门客也跟着借光，乾隆下江南不就是一个例子吗？但孔子不是，孔子认为“君子疾夫舍曰欲之而必为之辞”，就是说，君子痛恨那种不肯实说自己想要那样做而又一定要找出理由来为之辩解的做法。孔子不仅谈论财富，而且表现出对财富的浓厚兴趣。

“富与贵，是人之所欲也；不以其道得之，不处也。贫与贱，是人之所恶也；不以其道得之，不去也。”（《论语·里仁》）这段话的意思是：富贵是每个人都渴望得到的，如果用不正当的手段去得之，不会长久；贫贱是人人所厌恶的，如果用不正当的手段去之，不能真正去之。这就引出了一句大家都知道的话：君子爱财，取之有道。孔子又说：“富而可求也，虽执鞭之士，吾亦为之。如不可求，从吾所好。”（《论语·述而》）孔子认为，如果财富的获得方式符合道，就是去给人赶车这样的“鄙事”，也可以去做。孔子自己就做过仓库保管员，挣一份俸禄养活自己，这没有什么可丢人的。但是，如果“不义而富且贵，于我如浮云”。可见，孔子的财富观是建立在道德观基础之上的。

孔子认为，财富是用来修身养德的，取之有道的财富与君子的修为并不矛盾，两者完全可以相统一。“仁者以财发身，不仁者以身发财”，什么意思？是说有仁德的人用财富来发展、成就身心，没有仁德的人则耗费身心去聚敛财富。这里并不是说辛辛苦苦去赚钱有什么不好，重要的是你一旦有了财富要去做什么。是“竞豪奢”，攀比斗富，穷奢极欲，还是仗义疏财，热心公益？现实生活中一个个气壮如牛的土豪纷纷落魄就是这个道理，媒体报道某某富豪，昨日还娶明星、办豪宴，香车宝马，威风八面，今日就资不抵债，失去自由，这种结果在他攫取财富之时就已经在悄悄发酵，因为他对财富“取之无道，用之失道”，怎么能不败？

孔子主张在获得财富方面要抓住机遇，有所作为。“邦有道，贫且贱焉，耻也；邦无道，富且贵焉，耻也。”(《论语・泰伯》)国家政治符合道的时候，也就是政治清明、经济繁荣的时候，要以贫贱为耻；国家政治不符合道的时候，也就是政治腐败、贪污贿赂成风的时候，要以富贵为耻。我们先不说后一句，单说前一句，孔子的主张很清楚，国运昌盛，政通人和，各方面法律政策允许，你该发财就发财，这个时候你不去创造财富，应该引以为耻。所谓“死生有命，富贵在天”，这里的天，就是机缘环境，就是大势，你抓住机遇乘势而上，就是“顺天”。

对于财富的积累，孔子的观点是“放于利而行，多怨”，也就是说，积累财富不能一概以逐利为目的，不能一切只为了自己的私利，那样会招来怨恨。现实生活中就是这样，谁愿意与一个自私自利的人做生意？有钱大家赚，和气生财。人一旦眼里只有钱的时候，钱便会离你远去，因为钱是人带来的，人都因对你“多怨”而离去，钱又怎么留得下？

孔子不仅自己不排斥财富，他在传道授业解惑中也包含了自己的财富观，这一点，从他的弟子、成名商人端木赐身上就可以看出来。端木赐，字子贡，曾任鲁国、卫国之相，深谙经商之道，曾经在曹、鲁两国经商，积攒财富无数，是孔门弟子中的首富，孔子称其为“瑚琏之器”，也就是有实用价值的人才。端木赐人品极佳，孔子死后别的弟子守孝三年，端木赐在孔子墓旁搭了个草屋，一住就是六年；端木赐善于诚信经商，“端木遗风”被后人广为推崇，司马迁在《史记·货殖列传》中对他作了介绍。应该说端木赐是个得到孔子真传的人，作为“孔门十哲”、孔子“受业身通”的弟子，他的财富观不可能不受到老师的熏陶。换个角度思考问题，如果孔子对经商有偏见，何以教育出端木赐这样的商界巨头？后人妄议孔子，说孔子瞧不起工农商，这实在是误会，孔子幼年家贫，生活艰难，对底层生活感同身受，怎么会轻农贱商？只要符合道，人人可以求得财富，人人可以成为君子。

孔子的财富观，简单地概括就是：财富可求须合道，财富可积不失道，财富可用须弘道。

孔子的婚姻观

孔子对婚姻持什么态度，很多人对此感兴趣，因为社会上有种错误认识，认为孔老夫子轻视女性，对老婆也一定会居高临下，呼来唤去。事实不是这样。我们不妨看看孔子与鲁哀公一段对话：

鲁哀公问："敢问为政如之何？"

孔子回答说："夫妇别，男女亲，君臣信，三者正则庶物从之。"

鲁哀公问如何治国理政，孔子怎么说到夫妻、男女上来了呢？这是因为孔子非常重视夫妇、男女之道，因为家是最小国，国是千万家，家国之间，道理是相通的。一个家庭，夫妇互相不尊重，男女之间毫无亲情可言，那么如同一个国家君臣之间不讲信义，这个国家怎么能治理得好？

孔子又说："大婚，万世之嗣也。"这是把婚姻大事放在了长远视域下来对待，不能等闲视之。过去，一个男人发达了，就三妻六妾娶个没完，这便把婚姻大事当成了儿戏，没有考虑"万世之嗣"的严肃性。孔子一生只娶了一个亓官氏，给弟子们做出了榜样，弟子中发达者不少，但纳妾者少有，这不能不说受老师影响所致。孔子的儿子孔鲤虽然纳有一妾，那是因为孔鲤的原配不生育，为了孔门有子嗣接续传承，孔子才同意儿子纳妾。孔鲤纳妾后生了孔伋，这时孔鲤已经快到知天命之年。孔鲤早逝后，孔子让儿媳改嫁，去开始新的生活，这说明孔子对婚姻问题多从人性上来考虑，后世搞的从一而终、贞节牌坊等泯灭人性的形式主义，与孔子没有半毛钱的关系，虽然他们把账记在孔子的头上。

孔子还说："故三代明王必敬妻子也，盖有道焉。妻也者，亲之主也，子也者，亲之后也，敢不敬与？是故君子无不敬。"这段话的意思是：夏、商、周三代贤明的君王治国理政，必定敬重他们的妻与子，这是有道理的，妻乃家中之主，子乃祖先之后，敢不敬重吗？所以说君子没有不敬重妻子的。

孔子这些话，传达出一个重要理念，夫妻之间要恩爱，恩爱应该表现为相敬如宾，一个"敬"字，把爱的境界提高到置顶的高度。如果不是对女性发自内心地尊重，是说不出此番话语的。

有人写文章说孔子是一个形象不佳的人，说长成这等模样，谈恋爱时遭女性拒绝取笑，留下心理阴影也不是不可能，因此说孔子对女性有心理阴影。把现在谈情说爱的情景复制到春秋时代的孔子头上，这应该是臆测了。

还有人用《礼记》中问子思的一句话，说孔子离过婚。这件事因为缺少佐证，还是谨慎对待为好。更何况孔子若是为了子嗣，可以像父亲那样去做，没有必要"出妻"，我们还是相信孔子年谱记载的靠谱一些。

孔子的交友观

《论语》中有一段话简明扼要地阐述了孔子的交友观，即“益者三友，损者三友”，“益者三友”是“友直、友谅、友多闻”，损者三友是“友便辟、友善柔、友便佞”。所谓友直，就是要交诤友，诤友是敢于直言的，不会讨好你，发现你有问题会直言不讳，这种朋友被孔子排在首位，可见诤友金贵难得。友谅，就是和诚信的人交朋友，人无信不立，一个立不起来的人，自然不能有所托付，还交什么朋友？和讲诚信的人为友，才能以心换心，彼此心心相印。友多闻就是要和知识渊博的人交朋友，这种朋友会使你增加见识，增长学问，从而提升自己。至于不能交的朋友，孔子概括得也很精练。所谓便辟，就是善于走邪路的人，这种人往往三观不正，属于极端自私的精致利己主义者，这种人往往“心达而险”，毫无感恩之心，和这种人为伍，容易被带到邪路上去。善柔，就是喜好阿谀逢迎的圆滑之人，这种人阳奉阴违，言行不一，用今天的话说就是“两面人”“骑墙派”，表态比谁都快，口号喊得比谁都响，调向转头比谁都麻利，但就是不忠、不实，和这样的人交友，容易受骗上当。便佞，是善于花言巧语之人，这种人往往言过其实，骗取你的信任，然后达到某种个人目的。

“益者三友”“损者三友”，仅仅是孔子所说的交友一般规律，其实，孔子的交友观还有几个更深的层面：一个层面是“主忠信，无友不如己者”。这句话什么意思呢？就是君子以忠信为重，不要与不重忠信的人交朋友。孔子这句话说明了一条交友原则，那就是志同才会道合，也就是说“道不同，不相为谋”。这是一个原则性的问题，尤其体现在政治观点上，思想决定道路，政治观点不同，不可能殊途同归，即使有所交往，哪怕是亲骨肉，其结果也必然会分道扬镳。有时，亲情会被冰冷的政治稀释掉所有的温度，这样的例子举不胜举。

孔子交友观的另一个层面是“四海之内皆兄弟也”。这句话虽然是子夏说的，却是孔子的思想，否则也收不进《论语》。原话是：“君子敬而无失，与人恭而有礼，四海之内皆兄弟也，君子何患乎无兄弟？”这段话很通俗，却告诉人一个交友的道理，那就是好朋友多多益善。仔细想想看，这段话透露出的是孔子的一种开放理念，在人与人的接触上，不能有山头、门户概念，四海之内皆兄弟，多个好友多条路，为什么要刻意地去限制和排斥好友呢？有人说孔子保守、刻板，这实际冤枉了孔子，世界上哪一个保守、刻板的人会有四海之内皆兄弟的胸襟？当然，这种交友不是滥交，更不是不加选择地网罗狐朋狗友，前提要符合第一个层面的“忠信”标准。

孔子交友观的再一个层面是“以文会友，以友辅仁”。此话虽是曾子所言，但也是孔子的思想。以文会友，就是以道德文章为载体来聚集朋友；以友辅仁，就是通过朋友之间的交流切磋来完善道德。这实际上说出了一个交友目的的问题。交友，是志趣相投的平等交流，不是豢养门客，不是主仆相随，孔子主张以文会友、以友辅仁，非常值得我们借鉴。如果我们真正弄通悟透了孔子这一交友原则，就不会出现交友利益化、庸俗化的问题，因为孔子主张的交友，实际上是一种仁德上的完善和提升。

今天，我们研究孔子的交友观，很重要的一点是挖掘传统文化中的精华。这些精华被历史所湮没，需要我们擦拭尘埃，正本清源，恢复其本来纹理，焕发其应有的光泽，扬精华以炫耀，芳郁渥而纯美。习近平总书记 2014 年 11 月在澳大利亚联邦议会演讲中，引用了欧阳修《朋党论》中一句名言："同心而共济，始终如一，此君子之朋也。"应该说欧阳修这句话的精髓要义就脱胎于孔子的交友观。

孔子的节俭观

对孔子有些研究的人大都会有这样一个印象,孔子是个十分讲究的人,比如他讲究美食,说“食不厌精,脍不厌细”,肉切得不好不吃,颜色不好不吃,没有酱汁也不吃,反正讲究不少。除却美食,孔子对于坐姿、服饰、礼仪等等,也主张按规矩办事,有“席不正,不坐”的名言,让人觉得规矩过于苛刻。大概正因如此,墨家的代表人物墨子就批评儒家过于讲究繁文缛节,办事麻烦,把大量时间都用在了程序上,不值得推广。

那么,事实果真如此吗?我们不妨翻开《论语》第三十一篇,文中是这样写的:“麻冕,礼也;今也纯,俭,吾从众。”这段话什么意思呢?译成白话文是这样的:“用麻布制成礼帽,是符合周礼的,今天,人们代之以黑丝制成的礼帽,是节俭的表现,我服从和接受人们的做法。”简单的几句话,给我们的思考是多方面的。

首先,孔子一生都主张尊崇周礼,为何在重要的礼冠问题上会妥协?他曾经大发感慨:“郁郁乎文哉,吾从周!”大家都知道孔子一生都在笃行克己复礼。那么,周礼中规定的麻冕是举办礼仪活动时最重要的装束,孔子为什么会轻易地破了规矩呢?其次,用黑丝做的礼帽到底与麻冕有多大的区别?老百姓为什么会舍弃麻冕而选择纯冕？由此，我们不能不分析一下个中原因。如果纵向考证孔子的思想发展，我们不难得出结论，孔子是个注重节俭的人。他提出政府要“节用而爱人”，提倡“温良恭俭让”，他重道而轻物，重人而轻财，他虽然不反对富与贵，但对富与贵的追求与道比起来则无足轻重。他夸奖颜回：“一箪食，一瓢饮，在陋巷，人不堪其忧，回也不改其乐。贤哉回也！”他认为“君子食无求饱，居无求安”，只要敏于事而慎于言就是好学了。他还说过：“饭疏食饮水，曲肱而枕之，乐亦在其中矣！不义而富且贵，于我如浮云。”这句话的意思是：吃粗茶淡饭，弯臂当枕，乐趣也就在这中间了；用不正当的手段得来的富贵，对于“我”来讲就像是天上的浮云一样。孔子认为能“尊五美、屏四恶”是从政的必要条件，这五美即“惠而不费，劳而不怨，欲而不贪，泰而不骄，威而不猛”。五美之首就是“惠而不费”，可见孔子不主张奢华，用今天的话说，是反对搞形象工程和虚假的政绩工程。这些大家耳熟能详的名言中就包含着清晰的节俭观。

其实，让孔子做出让步的理由很简单：经济实惠。麻冕的优缺点是显而易见的：优点是原料充足，家家可种能织，不漂不染，本色即可；缺点是经粗纬糙，织成品大概像那种更生布一般十分厚重。夏季黄河流域炎热难耐，让人戴着厚厚的麻冕出席各种礼仪活动，如同戴着棉帽子一般，无疑是很遭罪的，那么透气、轻便的纯冕自然就受到了百姓的欢迎。更重要的是，纯冕比麻冕要便宜，否则孔子不会用一个“俭”字来评价。由此，我们不难得出结论，孔子是以节俭观作为考量事物标准出发点的，假若纯冕比麻冕奢侈，孔子绝不会苟同，因为尚俭去奢是孔子重要的价值观。

用孔子的节俭观观照当下，我们会发现有些地方、有些人的做法明显有悖圣人之言。凡事都强调高大上，不惜成本造势，靠珠光宝气打场子，难去“暴发户”的习气，在国内受人诟病，在国外令人侧目，他们忘了很重要的一点：俭朴，才是大美。

孔子的为政观

经常会有人说“半部《论语》治天下”，这句话到底是什么意思呢？其实就是告诉人们《论语》中有孔子的为政观，参透了孔子的为政观，治国平天下就有了基本原则。那么，孔子的为政观都有些什么内容呢？笔者梳理了一下，可以概括为这样五句话：为政以德、治政以礼、严政以刑、施政正己、仁政人道。

这五句话看似简单，内涵却极为丰富。先说为政以德，这是《论语》中一句非常著名的话，原文是：“子曰：‘为政以德，譬如北辰，居其所而众星共之。’”解释出来就是以道德教化来治理政事，就会像北极星那样，自己居于一定的方位，而群星都会环绕在它的周围。这实际上是在强调道德的感化力量，古人强调以德治国就是出自这里。孔子说这句话不是凭空杜撰，他是在总结周代国君的经验，是从实践中得出来的，因为周君就是这样做的。我们今天为什么要强调德才兼备、以德为先？因为德代表的是立场，是品格，是人间正道。

治政以礼，这个“礼”就是“克己复礼”的“礼”，用今天的话说就是规矩，当然孔子崇尚的是“周礼”，我们所讨论的是普遍意义上的规矩。我们常常提到政治这个概念，其实在孔子那个时代，所谓政治是倒过来说的，就是“治政”，而治政，就是管理官吏。今天说最大的腐败是吏治的腐败，那么吏治的腐败主要表现在哪里？当然就是规矩的破坏，官吏无所遵循，肆意妄为，这就是吏治腐败的体现。因此，孔子认为治政必须明礼、尊礼、守礼，一个人不懂礼无法立身，一个官吏不懂礼就无法治政，因为缺了做人做事做官的基本遵循。习近平总书记要求干部要讲政治懂规矩守纪律，也在强调规矩的重要性。孔子为了说明礼的重要性，提出了“四勿”要求，即“非礼勿视、非礼勿听、非礼勿言、非礼勿动”，对于治政者来说，这是被历史证明的真理，其中道理需要仔细体会。

严政以刑是强调法度。孔子并没有因为重视礼和仁就忽视法度，他在执法问题上从不含糊，上任鲁国大司寇几个月就依法杀掉了少正卯。孔子认为“圣人之治化也，必刑政相参焉。太上以德教民，而以礼齐之，其次以政焉。导民以刑，禁之刑，不刑也。化之弗变，导之弗从，伤义以败俗，于是乎用刑矣。颛五刑必即天伦，行刑罚则轻无赦。侀，侧也；侧，成也。壹成而不可更，故君子尽心焉”。这段话的意思是，圣人治理、教化民众，必须刑罚和政令相互配合。最好的办法是用道德来教化民众，并用礼来统一思想，其次是用政令。用刑罚来教导民众，用刑罚来禁止他们，是为了不用刑罚。对经过教化仍不改变、不听从，害理败俗之人，只能用刑罚惩处。专用五刑来治理民众也必须符合天道，执行刑罚对罪行轻的也不能赦免。侀，就是侧；侧，就是已成事实，不可改变。一旦定刑就不可改变，所以官员要尽心地审理案件。这段话说明，一旦执法，必须从严，不能有所姑息。

施政正己，是强调施政的方法。所谓施政，就是实施政令，是执行层面的行为。那么怎样才能有效地施政呢？孔子给出了很好的回答："政者，正也，子帅以正，孰敢不正？"这是季康子问如何施政时孔子给予的答复。应该说孔子的回答说到了施政的根本处。在一个讲究等级制度的时代，孔子有这种施政思想，说明"正己"是多么重要，这也就是儒家强调修身、正心的道理之所在。今天我们常说，遇到困难时施政者是"跟我上"还是"给我上"，冲锋效果和战斗力是不一样的，身先士卒、率先垂范就是最好的命令，施政者明白这个道理，就要时时处处身体力行，不能你在空调房间里喝茶，让别人到烈日下劳作，整天喊马列主义口号，本身就没有说服力。当然，分工不同，具体问题需要具体分析，但道理是不会变的，施政需正己。

仁政人道，是强调以人为本。儒家的民本思想影响深远，孟子那句"民为贵，社稷次之，君为轻"的名言许多人耳熟能详，孟子的民贵君轻思想当然来自孔子，因为孔子所强调的仁，就是爱人，就是由此及彼的博爱，正所谓"仁者人也"。孔子讲的仁政，即"道千乘之国，敬事而信，节用而爱人，使民以时"，是说治理大国之道，就是要严谨认真地办理国家大事而又恪守信用，诚实无欺，节约财政开支而又爱护官吏臣僚，役使百姓要不误农时。这里的"使民以时"充分体现了人道精神，大家都知道，古代是讲劳役的，修长城也好，修阿房宫也好，关键是怎么役使百姓、在什么季节役使百姓。正是农忙季节，统治者让农民撂下锄头去服劳役,这就有违人道了。

如果再度简化孔子的为政观,是不是可以用这样一组关键词来表达:感化、规范、约束、表率、爱民?

孔子的文学观

素有“万世师表”之称的孔子是如何认识文学的？这是一个值得研究的课题。当然，翔实的论证和考据那是专家的事，对于我等大众来说，对孔子的文学观有个基本的认识也就足够了，不需要把简单问题复杂化。

其实，孔子持有什么样的文学观，孔子自己已经说得再清楚不过了。《论语》中记载，孔子在教育弟子们要读《诗》时说：“诗可以兴，可以观，可以群，可以怨。迩之事父，远之事君，多识于草木鸟兽之名。”比较完整地说出了老夫子的文学观。

这段话应该怎样理解呢？首先，要弄明白“可以兴”的这个“兴”有什么含义。所谓兴，有的解释是激发情感，有的认为是比兴。应该说这些解释都有道理，但是，不要忘记孔子这里的“诗”指的是《诗三百》，就是后来的《诗经》。《诗经》从本质上讲是文学，是表达情感的文字。我认为这里的“兴”显然包含了激发想象的成分。我们都清楚，如果没有想象力，我们仰望星空还有什么意义？激发想象是孔子文学观中最为重要的含义，就是说文学的第一功能是培养想象力。文学一旦失去了培养想象力的功能，就会变得功利，变得浅薄，会沦落成为单一目的而附属之工具。

接着，我们要搞清楚“可以观”的“观”所蕴含的意思。观，是认识社会的方法，类似哲学上讲的世界观，这里包含着文学的认知功能。人类社会，林林总总，在文学作品中必然有所反映，阅读文学作品，能间接地了解相应的思想观点和分析推理的方法，这些知识成了人类进步的阶梯。文学的认知功能是大众需要文学、传播文学的根本动力，很多人读书就是为了获取知识、增长才干。这里所说的“观”在孔子眼中还有常常被忽略的两层含义：一是玩赏，也就是后来所说的审美，即欣赏文学作品能获得身心愉悦。一是规劝，即劝诫人生趋利避害，走人间正道。由这个“观”字，我们可以看出孔子文学观的第二个层面，那就是文学应该具有认识社会、愉悦身心、启迪人生之功能。

那么，“可以群”中这个“群”的含义该如何理解呢？群，在这里应该有两重含义，一是助群。强调文学可以鼓舞人、凝聚人、影响人。孔子从《诗三百》中读出了这一点，因为风、雅、颂中每一类诗作都体现了“群”的特征。二是合群。主张文学要将“小我”融入“大我”，通过“小我”来体现“大我”。这一点《国风》中很多作品都可以佐证。群之观点是孔子文学观的第三个层面。这一层面实际上回答了文学应该为自己还是为大众的问题。有的作家宣称写作是为了自己，与别人无关，显然与孔子的文学观相悖。作家之笔抒发一己情怀这没有错，但脱离生活、脱离大众的写作，最终会被社会和大众所抛弃，这也有前车之鉴。胸怀“大我”，写作境界方能提升，文学价值才会更大程度地得以彰显。

还有,我们要准确把握“可以怨”中的这个“怨”字。孔子所说的怨绝不是简单地发牢骚,因为孔夫子历来主张不怨天、不尤人。这里的怨是讽谏。我们从《诗经》中随手就可以找到讽谏王和富贵者的诗作,这些诗都是孔子从浩瀚的诗篇中保留下来的,而且没有删节,原汁原味。孔子的诗“可以怨”的文学观,指出了文学另一种不可或缺的功能,就是文学的批判性。孔子保留了这些具有强烈批判性的诗作,说明他认可这个功能,也就是主张文学要干预社会。事实也是如此,诗如果被漂白,社会就会肮脏;诗中多了怒吼,生活便不会压抑。

最后,说诗近可以服侍父母,远可以效命国家,这是表达文学应该具备的家国情怀。而通过文学作品学习一些自然知识也是理所当然的事情了。草木鸟兽不是可有可无的东西,它代表的是自然,文学表达不能忽略自然,更何况人类的进步总是以自然付出的代价为前提,忽略自然,就不懂得感恩,这是文学的歧路。

孔子梦周

孔子梦周公顺理成章,因为孔子一直以周公为榜样,一直在弘扬周公的思想主张。正因为如此,孔子的梦是有边界的,绝非信马由缰。周公思想主张的核心是礼,礼是格物的工具,社会进步需要礼的规范、细化和发挥。孔子梦,说到底是礼之梦。

可以这样理解,孔子梦周公,实际是他在和灵魂对话。因为相差五六百年,孔子并没见过周公,在那个没有音像的年代,孔子对周公的形象认知是模糊的,但对周公的丰功伟业是清晰的。《尚书》对周公功绩记载得十分清楚,"一年救乱,二年克殷,三年践奄,四年建侯卫,五年营成周,六年制礼乐,七年致政成王"。

孔子梦周公,是一个精神孤独者与灵魂的对话,因为除却自己的弟子,孔子无人可以交流。孔子在得意之时会梦到周公,反之,在失意的时候却梦不到周公,在潜意识里他觉得愧对周公。

有人说梦与现实总是相反的,之所以得出这样的结论,是因为梦与现实往往存在巨大的反差。这不能责怪现实,问题在于梦过于高大上。很多人把现实中实现不了的期望统统打包快递到梦里，这样的梦便会负荷过重，将梦醒之人压出抑郁症来。孔子不是这样，历史中没有记载孔子因为梦而抱怨，孔子的梦是他与周公冥冥之中对话的梦。

如果给孔子的梦做个概括的话，至少可以做这样一个梳理。梦之主题是仁。仁是孔子思想的核心，是一个内涵极为丰富的概念，它实际是君子修为的目标。在孔子心目中，国家层面的仁，应该是周公提出的“敬德保民”和“明德慎罚”。周公的明德是道德教化，认为国家制定并使用刑罚并不是单纯为惩罚人，而是为了劝民为善，防止犯罪。这与孔子说的“道之以政，齐之以刑，民免而无耻；道之以德，齐之以礼，有耻且格”是一个道理。周公是仁政思想的实施者，他将“保民”置顶，主张“民之所欲，天必从之”，周公的弟弟康叔受封朝歌，商朝灭亡的前车之鉴就在那里，周公便写了《康诰》《酒诰》《梓材》三篇文告，既是给康叔的法则，又是具有普遍意义的施政纲领。《康诰》的主旨是安定殷民。旧朝已灭，殷民不能虐待杀戮。《酒诰》针对殷民饮酒成风，旨在移风易俗、节省粮食。《梓材》强调“明德”，作为一方诸侯要恪尽职守，敬业保民。

梦之情节是礼。可以想象，孔子在梦里也一定是中规中矩，没有任何无礼之举。周公对后人最大的贡献是制定礼乐，王国维先生说周礼至少有三点别于殷商，“周人制度之大异于商者，一曰立子立嫡之制，由是而生宗法丧服之制，并由是而有封建子弟之制，君天子臣诸侯之制。二曰庙数之制。三曰同姓不婚之制。”孔子对周公顶礼膜拜，很大程度是迷恋周公制定的礼乐。贾谊评价周公:“文王有大德而功未就,武王有大功而治未成,周公集大德大功大治于一身。孔子之前,黄帝之后,于中国有大关系者,周公一人而已。”贾谊的评价很大程度上也是指周公在礼制方面的贡献。其实,现代大多数人也还在自觉不自觉地遵守周公规定的礼制,比如男女婚前不发生性行为,这便是周公定下的规矩,后来人们把夫妻间房事称为“周公之礼”。

梦之旋律是乐。将音乐作为礼制的重要内容应该始于周公。周公编排的歌颂武王伐纣获得胜利的乐舞《大武》,让孔子如醉如痴。《大武》是诗、歌、舞三位一体的综合艺术,分为六章,表演时既要唱歌诵诗,又有伴舞。周公对演出仪制、祭祀对象、服饰道具、乐歌宫调、舞者身份、演出场合都做了明确的规定。《大武》歌舞的第一首歌诗是《武》,歌词是:“於皇武王!无竞维烈。允文文王,克开厥后。嗣武受之,胜殷遏刘,耆定尔功。”第二首歌诗是《酌》,叙述武王伐商的经过。第三首歌诗是《赉》,以武王的口气演唱,抒发励精图治的豪情。第四首歌诗是《般》,叙述武王南巡的行迹。第五首歌诗是《时迈》,以周公、召公分治为背景,表现马放南山、刀枪入库的太平景象,以及武王对黄河高山的祭祀。第六首歌诗是《桓》,全文如下:“绥万邦,屡丰年。天命匪解,桓桓武王。保有厥土,于以四方,克定厥家。於昭于天,皇以间之。”六大乐章有开有合,有过渡,有高潮,是真正高大上的宏观叙事之作。可以肯定地说,《大武》《韶》这些宫廷音乐构成了孔子梦的主旋律。

如果要探究孔子梦的底色，或许是黑红色。孔子喜欢黑、红两种颜色，主张“君子不以绀緅饰，红紫不以为亵服”。对恶紫夺朱深恶痛绝，这当然不是孔子梦周的主要内容了。

孔子是丧家犬吗?

巴金先生曾经在那个特殊年代说孔子是“丧家之犬”,并广为流传,北大一位李教授也写了一部关于孔子的书,叫《丧家犬》。孔子是丧家犬这一说法不是空穴来风,它出自《史记》。司马迁在《史记·孔子世家》中写道:“孔子适郑,与弟子相失,孔子独立东郭门。郑人或谓子贡曰:‘东门有人,其颡似尧,其项类皋陶,其肩类子产,然自要(腰)以下不及禹三寸,累累若丧家之狗。’子贡以实告孔子。孔子欣然笑曰:‘形状,末也。而谓似丧家之狗,然哉!然哉!’”这段话译成白话大致是这样:孔子去郑国,不小心和弟子走散了。孔子一个人孤零零地站在城东门。有个看到孔子的郑国人对正在寻找老师的子贡说:“东门口有个人,他的额头像尧,他的后颈像皋陶,肩膀像子产,腰部以下比大禹短三寸,憔悴、颓废得像失去主人的狗。”子贡将这些话告诉了老师,没想到孔子欣然笑了,说形容我的模样,是无所谓的小事,然而说我像丧家犬,确实是这样啊!确实是这样啊!

这就是有关“孔子丧家犬”一说的由来。

那么,这个郑人所说,是褒还是贬?为什么称孔子为丧家犬呢?这是一个应该厘清的问题,否则谬种流传,贻误后人。

对此，我们要联系上下文来看，郑人在城东门看到孔子，是将他同哪些人物相比较。这个郑人是谁，今天无法考证，但从他引用的历史名人来看，这是一个有知识的人，知道历史上的圣明君主。尧，是传说中的“五帝”之一，帝喾之子，十三岁获封，二十岁为天子，老了禅让于舜。他制定四时成岁，置谏言之鼓，立诽谤之木，可谓德高望重，被后人称为圣人。郑人说孔子头脸像尧，是说孔子有先圣之相。皋陶是上古传说中的人物，是与尧、舜、禹齐名的“上古四圣”之一，皋陶的主要功绩在于制定刑法和教育，帮助尧和舜推行“五刑”“五教”。今天司法机关常用的獬豸标志就源自皋陶，皋陶的“罚弗其嗣，赏延于世，宥过无大，刑故无小，罚疑惟轻，功疑惟重”（《尚书·大禹谟》）在司法上影响深远。孔子是主张礼教和教化的，郑人说孔子后颈像皋陶，有望其项背之意。子产是郑国人，与孔子年代相当。子产在郑国享有非常高的威望，子产死后，郑国的男子丢掉玉佩，妇女丢掉耳环，聚哭了三个月，乐器都停了下来。孔子闻讯也为之流泪，评价子产是“古之遗爱也”。子产不毁乡校的典故更是被后人所传颂，这种执政的宽宏大量有着浓厚的民主情怀。子产的“其所善者，吾则行之，其所恶者，吾则改之，是吾师也”一段话就是在今天仍有借鉴意义。郑人说孔子的肩膀像子产，是在比喻孔子的担当。至于大禹则不必赘言，因为禹是人人敬仰的先圣，说孔子身段像禹，这是一种赞许。

那么，为什么郑人在最后忽然来了个大转弯，说孔子“累累若丧家之狗”呢？

这里面有两个关键词,家与狗。

家与国在春秋时代是少有分割的,家国一体,这是诸侯国的特征。孔子周游列国,之所以推销自己的齐家治国之道,是因为鲁国的国君和执政的大夫迷恋女色、宝马,孔子不肯妥协才离家去国,这在郑人看来就是“丧家”,此语意在讽刺丧家的国君,而非讽刺孔子。也就是说,丧家的责任不在孔子,孔子的忠诚无所寄托才去周游列国。狗在孔子时代是不是充满贬义笔者不知,但狗对主人的忠诚是公认的,孔子像一条忠实的老狗一样为国家看门守院,却落得无家可归的下场,怎不令人唏嘘?于是,郑人才有了那句感叹之语。

由此看来,郑人对孔子的赞誉可谓集圣人之大成,这也说明郑人对孔子不抱有偏见,能客观公正地看待孔子。要知道,尽管郑国是郑重严肃忠孝仁义之国,孔子对郑地看法却不是很高,曾说过“放郑声,远佞人。郑声淫,佞人殆”(《论语·卫灵公》)“为政必先放郑声”这样的话,依孔子的影响力,这些说法不能不传到郑国,但郑国人还能这样来描述孔子,实属不易。

因为郑人提到了狗,在此有必要说说狗。必须承认,有关狗的贬义词大都是后来的,在孔子那个时代,骂狗的话并不多,典籍中出现过“猘狗(疯狗)”一说,再就是晏子使楚中所谓的狗国狗洞了,在南方,狗是有着不一般的地位的,位列三皇之首的盘古,就是狗首人身,古代“犬祖神话”就很说明问题,“女配盘瓠”的传说流传至今。盘瓠生的孩子,成为苗、畲、瑶、黎、侗、壮、佤等少数民族的始祖,以狗为图腾的畲族至今传唱《狗皇歌》。中国古代最重视的大事是祭与戎，能作为祭祀的祭品说明被人们看重，否则不会贡献给神灵和祖先，而狗往往成为宗庙祭祀的“羹献”，《说文解字》中所谓“犬肥者以献之”，献的本义即是“宗庙犬”。如果留心分析一下与犬有关的汉字，你会发现“哭、笑、奖、献、奘、器”等表意清楚、使用率很高的汉字都与狗有关，这说明狗作为人类忠实的伙伴深得人们喜爱。

这句话中用了“累累”一词，需要注意的是，这里的“累”是疲乏、劳累过度的意思，用在此处是说孔子面容憔悴，一副忧国忧家的忧郁状。

由此，我们完全可以得出这样一个结论：《史记》中司马迁所记载的郑人那段话，是寓褒于贬，需仔细感悟才是。

孔 子 谈 孝

孝是孔子教育学生的必修课,讲授内容被弟子整理成了一部《孝经》。怎样解读孔子所讲的孝呢?

《孝经》前六章被朱熹认为是“经”,朱熹划分的理由是这六章明确了孝的标准问题。

孔子向曾子讲孝的道理,但他没有直接去讲,而是先提出一个问题,引起曾子的兴趣。他说:“过去贤明的君主有一种能够实现德政的重要思想,能够使天下归顺,百姓和睦相处,君臣上下政通人和,你知道这是一种什么思想吗?”孔子所讲的天下归顺、百姓和睦、上下无怨,都已经超出了家族之孝的范畴,“民用和睦”则社会上少有争讼,“上下无怨”则政治清明。所以,孔子言孝,立意高远,落脚点是治国问题。其目的是使天下大治,实现《礼记》中所言的“大同”社会。

曾子回答说:“我不聪明,怎么能懂得这样重要的道理呢?”

于是,孔子对孝做了进一步的阐释,孔子说:“孝道,是所有德行的根本,一切教化都在此基础上产生。你坐下来,让我告诉你:身躯、四肢、头发、皮肤,都是父母给予的,作为一个孝子就不能轻易伤害,更不能毁伤,这是孝的开始;一个人树立了志向,能坚持真理,有所作为,使自己流芳后世,光宗耀祖,那就是尽孝道最圆满的结果了。一个人行孝道的方面是很广博的，首先从侍奉自己的父母开始；其次是侍奉自己的君王；最后是修身济世，实现自己的志向。”

孔子从孝的基本内容到最高表现形式，对青年、中年、老年三个阶段应尽孝道的重点做了说明。这里有一个重要的观点，就是孝是“德之本”，是“教之所由生”。“德之本”，就是人最重要的行为准则；“教之所由生”，乃是教化之源泉。“德之本”的观点得到了实践的印证，古代讲忠臣必出自孝门就是这种观点的发展。《吕氏春秋》中有“荣于孝，显于忠”的说法，一个不孝的人是不能够尽忠的，尽管他可以装扮得像忠臣一样，甚至表现得比忠臣还像忠臣，但那不是真正的忠，因为他的忠没有道德的基础。

孔子这段话里还有一句被后来儒生教条化了的名言：“身体发肤，受之父母，不敢毁伤，孝之始也。”其实，把上下文联系起来看，孔子的话并不是说身体上的任何东西都动不得，如果那么去理解，剪指甲也是不孝之举了，依孔子之智慧，他绝不会这么去思考问题的，他是用发、肤两个具体的东西来代表人的生命，这句话充满了以人为本的思想，说明了对生命的关怀。对于人来说，最宝贵的是生命，一个对自己生命不负责的人怎么去尽孝？孔子说过，一个人，当他父母还在时，他就不能轻易答应为别人去献身，也是出于一种对父母的负责。从这一点上说，任何自残、自虐、自杀的行为都是不孝之举，因为这种行为是对父母最大的伤害。

那么,孝的最高境界是什么呢?那就是“立身行道,扬名于后世”。所谓立身,是以德行立于社会,属于道德、知识、思想修养方面的储备;行道,就是运用这些储备去社会上实践的过程。做到了立身行道,就自然名扬后世,被后人所称道,这是光宗耀祖的事情,行道者的每一个亲人都会以此为荣,这是孝的最高境界了。这里孔子用了一个词“扬名”,说明这种境界主要是给父母、给亲人带来精神上的满足,而不是说物质财富上有多大的惠泽。

“始于事亲,中于事君,终于立身”则进一步阐述了孝的作用,始,是开端,是基础,是本;中,是在始的基础上的发展,是对本的弘扬。就是说一个人的孝,如果不和国家的事业结合起来,这种孝就很狭隘了,所以大孝必事君。终,乃是行孝道、尽忠诚的结果,也就应了前文所说的扬名于后世以显父母的孝之所终。

孔子对不同身份的孝做了规范说明。天子之孝是“博爱”。既然贵为天子,一般意义上的孝就很轻易地能够尽到了:身居宫廷,身体发肤无人敢毁;尊为天子,立身行道也是天下典范,普天之下,莫非臣民,再无国君可事。针对这种情况,孔子提出了一个新的观点:天子之孝重在以身作则。孔子说:“如果是一个懂得热爱自己父母的人,就丝毫不敢厌恶别人的父母;如果是一个懂得敬奉自己父母的人,就丝毫不敢怠慢别人的父母。全心全意侍奉父母,并施展教化于百姓之中,就会成为天下效法的榜样,这就是天子应尽的孝道。”

君王尽到了博爱和广敬之道，必然得到加倍的敬爱和回报，那么谁还会用厌恶和怠慢来对待君王和他的亲人呢？这种以孝德治国的思想运用到百姓那里，民风就会变好，这种做法也就会被四夷所效法。所以天子之孝应是孝之模范。

诸侯之孝是“不骄”。孔子的解释是这样的：一个人如果身居高位，却能做到不骄不躁、谦虚谨慎，那么就不会有遭到排挤的危险。要做到节约费用、慎守法度，即使国家富裕也不追求豪华而奢侈浪费。地位显赫而没有倾覆的危险，自然就能长治久安；财物丰富而能做到谨慎开支而不浪费，自然就能长久地保持充裕的财源。身为诸侯，首先要使富贵不离其身，然后才能确保自己的社稷江山，跟天下百姓和睦相处。这就是诸侯应尽的孝道。

作为列国之君，其位不能不算高，但高位易落，所以是很危险的。那么怎么才能不危险？孔子说，就是要“不骄”。对于诸侯来说，能听命于天子就是不骄。骄是自我膨胀的必然结果，自以为了不起，就对上面的话不怎么当回事了，搞起了上有政策下有对策，甚至另起炉灶，这样的诸侯非翻船不可。汉代的淮南厉王刘长，就是一个因自我膨胀而毁灭的诸侯王。刘长是高祖的小儿子，与当朝皇帝汉文帝一起长大，情同手足。因为这层关系，他就无视礼制法度，擅自锤杀辟阳侯，还另搞一套文法，模仿天子声威，后来，竟谋划起叛逆之事，最终死于非命。制节谨度是要求诸侯节俭并依礼法行事，不要过于铺张浪费，不要把排场搞得超过礼制规定，这是很重要的。所谓“溢”，是满的结果，满且溢，就是超过了礼的规定要求。像孔子批评鲁国的季氏一样，一个大夫，竟然在自家庭院搞起了只有天子才能搞的仪仗，这就是个政治问题了，所以孔子才说出了“是可忍，孰不可忍也”的话。

做到了高而不危，所以能守贵；做到了满而不溢，所以能守富；富贵不离身，就是地位不动摇；地位得到巩固，其国家、宗庙、百姓就会得到保护。因此，诸侯之孝的目的在于保国保民，也就是说保一方平安，延续其宗庙香火。我们常说为官一任，造福一方，就是从诸侯之孝演化而来，只不过诸侯乃世袭制，而后来的官员则是委任制了。

卿大夫之孝在于守住礼法。孔子的说法是，不符合先王所制定礼法的衣服，绝不敢随意穿在身上；不符合先王所制定礼法的言辞，绝不能随意乱说；不是先王所遵循的道德行为，绝不敢任意推行。因此，不敢乱说不合礼法的言论，不敢推行不合礼法的行为。如果说话合礼法，就不用担心有什么失误而去斟酌；如果言行合规范，就不用担心有什么过错而去劳神。尽管说话多，但不会说错话；尽管做事多，但不会遭怨恶。前面说的三点具备了，卿大夫就能永远守住先祖的宗庙，这便是卿大夫应尽的孝道了。

卿大夫是居于臣属地位的，上事君主，下抚黎民，责任不小。因此，卿大夫之孝就重在依法办事，尽忠竭力。孔子就卿大夫之孝提出了三项标准，即在服饰上，要合乎先王所制五服的礼法规定；在言论上，要符合先王规定的礼法要求；在行动上，要符合先王要求的德行标准。做到了这三点，就能保其职位、守其宗庙。为什么要求卿大夫要“非法不言，非道不行”呢？这里所谓的先王，其实并无确定的指向，过去的所有贤德之君都可以称为先王。这里用先王，意在表明所尊之法是成制。身为大臣，如果不依法办事，那么先王之法就形同虚设了，古代如此，今天也是如此。政府官员不带头执行法律法规，老百姓就会藐视政府的权威。要求卿大夫“口无择言，身无择行”，就是要求他们处处要以身作则。口无择言，是强调大夫不能自作聪明、随便发表言论；身无择行，是说大夫不能自以为是地采取行动，其言行必须在法律规定的范围之内，这样才能“言满天下无口过，行满天下无怨恶”。

今天，我们往往不理解古人，言行方面有规定可以理解，为什么非要在服饰上规定得那么严格？难道非要什么职位穿什么衣服吗？这一点是历史条件所限，不如此，就不能分等级、分尊卑，为了使社会有秩序，礼制在服饰上做严格的规定是有必要的。车，是官之仪；服，乃身之表。当今，服装上的差别消失了，这是因为现在的干部不再配发官服了，但车子还是有规定的。在不配发官服的情况下，服装问题也是有讲究的，领导出访，如果主官西装革履，那么随行的一班人肯定都大同小异，个个衣冠楚楚。此时，如果队伍里出现一个穿对襟唐装的，试想会是什么效果？

士之孝在于爱敬忠顺。孔子的说法是：“用对待父亲的态度来对待母亲，而爱心相同；用侍奉父亲的态度来侍奉君主，而恭敬不变。侍奉母亲乃是以爱,侍奉君主乃是以敬,而爱和敬兼备的是侍奉父亲。以孝道去侍奉君主就会做到忠,以恭敬的态度去对待长辈就会顺从。如果做到了忠心和顺从,以此来为君主工作,那么就不会被罢黜职位,保住自己的俸禄,心安理得地祭祀自己的祖先。"

士,在当时是统治群体中最底层的人员,类似现在各种机关里的一般工作人员。这里的士,由两方面人士构成:一是小官吏;二是有知识、有技能或有品德的人。士之孝,在于对内要奉养父母,对外要效忠君上。而在家中,对父亲和母亲的孝的侧重点也有所不同:对父孝,应爱、敬并重;对母孝,应重爱。把对父之敬运用到君主身上,就是忠。

孝是忠的基础,不孝之人难尽忠,所以所谓的忠和顺,用现在的话讲也是个"保持一致"的问题。尤其对于士来说,这种保持一致更为重要,因为士等于是朝廷和百姓间的直接联系者,这个层面出了问题,就会政令不通,导致怨恶出现。从孔子的语言中我们可以看出,一个士最主要的操守就是勤勤恳恳、尽职尽责地做好本职工作,也就是一个敬业问题,要像对待父母兄师一样来对待国家工作。做不到这一点,就很难保住自己的俸禄。而做到这一点,就能保住俸禄,使父母有所养,祖先有所祭,这便是士的孝道。

对百姓之孝,孔子也做了归纳,即用天之道,分地之利,谨身节用,以养父母。

用天之道就是顺应天时。所谓天时,就是自然之时,如春发、夏长、秋收、冬藏。对于庶人来说，以天时而做，就能不违天时；不违天时，就能减少自然灾害。分地之利，是指分别五土，因地制宜，各尽所宜。所谓“五土”，一是山林，二是川泽，三是丘陵，四是坟衍，五是原隰（湿地）。对五土加以区别，是十分重要的一点。如果不辨五土，不察高低，就种瓜不得瓜，种豆不收豆，高处霜早降，低处水常侵，所以土地之利必须分明。天时地利都掌握了，就会有所收获，那么收获之后，就要谨身节用，以养父母。谨身，就是不能因有了收获就傲慢，身恭谨则远耻辱。谨身远辱很有现实意义，现在一些人赚了一些钱之后不能做到“谨身”，好像世界一下子小起来，整天把肚子膨胀得像只蛤蟆，什么都满不在乎，结果糊里糊涂犯了事。节用是用度要节俭，节俭则免饥寒。这是儒家一贯的思想，尤其作为庶人，节用的目的是赡养父母，这就更不该铺张了。孟子认为，庶人之不孝（世俗所谓不孝）者五：“惰其四肢，不顾父母之养，一不孝也；博弈，好饮酒，不顾父母之养，二不孝也；好货财，私妻子，不顾父母之养，三不孝也；从耳目之欲，以为父母戮，四不孝也；好勇斗狠，以危父母，五不孝也。”将孟子列举的五不孝反推一下，不就是庶人应该遵循的孝道吗？

孔子谈治国

楚国大夫叶公问政于孔子，孔子回答了六个字："近者说（悦），远者来。"仔细琢磨一下，不得不佩服孔老夫子，他用六个字把治国之真谛说清楚了。

必须承认，不同的人问政孔子，孔子的回答是不一样的。比如子贡问政，孔子的回答是"足食足兵，民信之矣"。就是说只要粮食充足、国防完备、人民信任就可以了。子路问政，孔子回答说"先之劳之，无倦"，意思是做在百姓之前，干在百姓之前，通过教化使百姓变得勤劳。仲弓问政，孔子的答案是"先有司，赦小过，举贤才"，意思是有什么工作先责成下面的官员来做，不要事必躬亲；官员有了小错应当宽赦，不要揪住不放，不能因枝节而弃栋梁；多选拔任用有贤德有能力的人才。鲁哀公问政，孔子说"文武之政，布在方策，其人存则其政举，其人亡则其政息"，强调为政在人，统治者本身是最重要的因素，若人不在位，政不能守，一切就都无从谈起，等等。孔子给这些人开出的方子各有侧重，综上所列举，窃以为只有叶公这次问政，孔子才道出了政治的真谛。

为什么这么说呢？

首先，来说说这个"近"。所谓近，有一种说法是指自己身边人，这一点肯定不是孔子原意，因为孔子反对乡党、小圈子，强调道和礼，小圈子尚情不尚贤，一个喜欢搞小圈子的人，远方陌生的君子不会来投奔他。那么，孔子这个近是指什么？我认为有两个层面的意思：一是本国国民，二是周围邻国。近者说，就是让国民高兴，让邻国安心。想想看这个说法是不是有道理？自己国内的事都没着落，却整天惦记着其他诸侯国，这就是老百姓说的“种了别人的地，荒了自家的田”。自己的国民才是君王的衣食父母，令他们“悦”是国家的根本职责，就像习近平总书记所说的那样，人民群众对美好生活的向往，就是我们的奋斗目标，我们的目的就是让人民“悦”。

与邻国搞好关系也是这个道理。俗话说，远亲不如近邻，邻居安，国家宁，四邻不安是治国大忌，因为它会让你分神费力，疲于应付。正因为如此，孔子才把“近者说”放到前面来说。有人也许会用三十六计中的“远交近攻”来反对孔子的说法，实在是大谬。“远交近攻”是当时特殊条件下横扫六国的权宜之计，不可不顾实际加以套用。中国古代盲目套用这一战略的宋朝就有一个惨痛的教训，因错误运用远交近攻导致亡国。北宋末年，宋朝的北邻是辽，辽以北是金。北宋皇帝采用远交近攻的策略，“联金灭辽”，结果灭辽后金军长驱南下，导致了靖康之耻，两个皇帝被掠到五国城坐井观天。到了南宋末年，朝廷又搞起了“远交近攻”，联合蒙古灭了金，结果蒙古大军长驱直入，有了崖山蹈海之难。唇亡则齿寒，睦邻友好是上策中的上策。

那么，怎样才能做到近者悦？《论语》中没有记载，但从其他章节中不难理出几条：首先是子贡说的“足食，足兵”，也就是物资和国防不能忽略，没有经济上的实力和强大的国防，政权靠什么支撑？即或有了商业文化方面的繁荣，也会被外来侵略者所掠取，这一点，南北宋亡国的教训是深刻的。其次是“节用”，也就是说不能挥霍。不受约束的统治者大都喜欢搞形象工程，像秦始皇大建阿房宫、长城，隋炀帝挖运河、派宇文凯搭建当时世界上最大的会议中心，等等，结果耗散国力，失去民心。再者，就是“使民以时”，也就是劳役要不违农时。不违农时在封建社会是个很重要的事情，当徭役与生产相矛盾的时候，老百姓迫于王法，只能牺牲后者，从而陷入饥馑。想想看，人家这边担心雨季来临急着收麦子，你那里非要老百姓放下镰刀去修皇陵，老百姓心中不怨恨才是怪事。这些都做到了还不行，还有最重要的一条，就是国内上下都要恪守礼制，大家依礼行事，就不会出现大的差错，这也是孔子毕生都在倡导的思想——中庸之道和克己复礼。

我们参观故宫，从三大殿悬挂的牌匾上就能知晓帝王对恪守中庸之道的重视程度。保和殿悬挂的牌匾是“皇建有极”，中和殿悬挂的是“允执厥中”，太和殿悬挂的是“建极绥猷”，这三块牌匾都在说明“道”的重要性，而且由己及彼，由家国到天下，始终立足在一条不偏不倚的中轴线上。

至于远者来，是强调外交的重要。远者来不是说你做好了，人家自然就会来朝贡，这里面还有许多工作要做，那就是用道和礼去影响四夷，从而形成一种四方来仪的盛世景观。

孔子为何力挺柳下惠

一个“坐怀不乱”的成语，让柳下惠成为家喻户晓的正人君子。柳下惠之所以名垂千古，与孔子力挺他有关。柳下惠是春秋时期人，生于公元前720年，卒于公元前621年，姓展名获，字子禽，鲁大夫展无骇之子，曾经在鲁国做过一个管司法的小官。孔子称其为“逸民”，是当时的道德模范。

孔子为什么力挺柳下惠呢？其原因在于以下“三同”。

其一道同。柳下惠是孔子心目中君子的典范，两人都属于“君子食于道”的大夫。两人的根本思想是一致的。孔子认为：“君子务本，本立而道生，孝弟也者，其为仁之本与？”（《论语·学而》）孔子曾夸奖郑国国相子产，认为子产具备君子的四种品质：恭敬惠义，即为人处世很谦逊，侍奉国君很恭敬，养护百姓有恩惠，役使民众合乎道义。孔子称赞子产是“惠人”，而柳下惠去世后，谥号也是“惠”，在孔子眼中，子产与柳下惠都是同道之人。

柳下惠的人生态度是随遇而安、与世无争，不以侍奉水平低下的国君为耻，不以自己官职小为卑下，“遗佚而不怨，厄穷而不悯”，有君子之怀，这是孔子十分欣赏的一种君子境界。孔子之所以对颜回赞誉有加，是因为颜回的学养修为近乎柳下惠。

其二志同。孔子和柳下惠都是矢志不渝践行自己政治主张的人,两人惺惺相惜很自然。柳下惠三次遭到罢黜,本来官就不大,后来成了逸民。孔子周游列国十几年,推销自己的政治主张,结果处处碰壁。两人在实践政治理想方面,可谓志同,孔子能找到这样一个忘年知音,证明了"德不孤,必有邻"。

志在很多时候体现在定力上,志不坚,必然定力不足。柳下惠的定力非常人所有。关于柳下惠"坐怀不乱"的传说就很能说明问题。当时,展沟西面有一片树林,一个秋夜,柳下惠路过此地时忽遇老天下雨,他躲到一个破庙里避雨。恰在这时,一年轻女子也到此避雨,年轻女子因衣服湿透而冻得浑身发抖,实在冻得受不了,便央求委身柳下惠怀中抱团取暖。柳下惠自然不肯:"荒郊野外,孤男寡女处在一起本已不妥,你若再坐我怀中,这如何得了?"年轻女子说:"世人说大夫是品德高尚的贤人,我虽然坐你怀中,大人只要不生邪念,又有何妨?我若因寒冷病倒,家中老母便无人服侍,你救我便是救我母女二人。"柳下惠思忖再三,觉得女子所言有些道理,便让女子坐到自己怀中,两人相拥而眠。大雨下了一夜,两人相抱半宿,其间,柳下惠闭目养神,纹丝不动。天明雨停,女子夸赞说:"人言展大夫是正人君子,果然名不虚传。"

与柳下惠经历相似的是孔子见南子,尽管南子是闻名于世的美女,但孔子以礼相见,问心无愧,这种男女交往不逾礼的做法恰恰在柳下惠身上得到了印证。

其二气同。柳下惠坚持“以直道事人”，这与孔子以直报怨的秉性不谋而合。柳下惠特别讲诚信，从来不耍有违诚信的小聪明，哪怕面对霸凌主义也是如此。当时，齐国比鲁国强大，霸凌主义甚嚣尘上。齐国国君派人向鲁国索要一件传世宝物岑鼎。自家传家宝物怎么能拱手让人？鲁庄公舍不得，却又怕得罪齐国，便想弄一个赝品糊弄齐国。齐国人说：“我们齐国人只相信以真诚正直闻名天下的柳下惠，如果柳下惠说这只鼎是真的，我们才放心。”鲁庄公派人来找柳下惠，希望他出面做证。柳下惠说：“信誉是臣一生唯一的珍宝，如果说假话，那就是臣自毁珍宝。以毁珍宝为代价来保住你的珍宝，这样的事我不能干。”鲁庄公无奈，只好把岑鼎送给了齐国。

柳下惠退居柳下后，开始招收弟子，传授礼义，深受弟子爱戴。孔子三十岁左右开始办私人学校，两人谋生的职业几近相同。孔子号称弟子三千，柳下惠也有弟子若干。柳下惠去世后，弟子们商议谥号，为老师一生德行盖棺论定。他的妻子当场口述一篇诔文：“夫子之不伐兮，夫子之不竭兮，夫子之信诚而与人无害兮。屈柔从俗，不强察兮。蒙耻救民，德弥大兮。虽遇三黜，终不弊兮。恺悌君子，永能厉兮。嗟乎惜哉，乃下世兮。庶几遐年，今遂逝兮。呜呼哀哉，魂神泄兮。夫子之谥，宜为惠兮。”柳下惠妻子的这篇诔文，言简意赅，对柳下惠的一生做了很好的概括。

柳下惠在各诸侯国有相当大的影响。“昔者秦攻齐，令曰：‘有敢去柳下季垄五十步而樵采者，死不赦。’”（《战国策·齐策四》)秦攻齐,中间要经过鲁国。秦军下令切实保护柳下惠在鲁国的墓地,并规定在柳下惠墓地五十步以内砍柴的人要处以死刑。柳下惠在各诸侯国的影响由此可见一斑。孔子去世后,弟子们守陵三年,子贡守陵达六年,几百年后祭奠之人仍然不绝。两人都留下了极好的声誉,孔子被称为“至圣”,柳下惠被称为“和圣”,两人成了历史上名副其实的圣人。

孔子为什么不语怪力乱神

《论语·述而》中有句名言:“子不语怪力乱神。”这句话影响很大,经常被后人引用,“子不语”也几乎成了一个指向怪异事物的代名词。

那么,《论语》中的“怪力乱神”指的是什么呢? 所谓“怪”,一般是指怪异之事,就像市井上各种不着边际的传说,荒诞不经,不足为信,谈论它无疑是浪费时间。荀子说:“君子道其常,小人道其怪。”既然是小人之事,孔子不会让弟子们去做的。“力”,一般来说,是指暴力、勇力,指没以原则和道义为支撑的好斗用狠,是一种与礼相悖的行为倾向。古人有“以德胜人者昌,以力胜人者亡”的说法,津津乐道暴力血腥之事,看重暴力蛮力,汇聚的必定是负能量,长此以往,心理就不会健康。“乱”,应该是犯上作乱的乱,主要指叛乱,这个话题应该为君子所忌讳,因为此话题与政治有关,谈论多了容易惹上麻烦。孔子历来主张“在其位,谋其政”“思不出其位”,一个教私学的,传周公之礼、述三坟五典就足够了,渲染离经叛道之事显然出格了。孔子的同行、私学举办者少正卯就喜欢渲染这些东西,佞道乱政,结果成了“不免君子之诛”的罪人。至于“神”字就好理解了,因为孔子自己说过,“敬鬼神而远之”。既然要“远之”,为什么还要作为话题来说呢？神灵是需要敬畏的，对敬畏的事物要有起码的避讳，非祭祀大礼等仪式不要轻举妄动，更不可天天挂在嘴边。孔子是个朴素的唯物主义者，他也有六合之外存而不论的思想，就是说自已还没有认识和研究过的事物，还是先搁置起来，既不肯定，也不否认，留给后人去解释。

当然，关于"怪力乱神"还有一种解释，就是把它解释为外力影响注意力集中，这种解释过于牵强，在此也存而不论。

在对"怪力乱神"做了解释后，我们不难明白孔子为什么不说这四个话题了。但需要进一步思考的是，这些话题往往都是民间热议之事，孔子缘何故意回避呢？这就需要理解孔子的用心了。孔子此话的受众不是市井百姓，他是专对弟子们讲的。弟子们来学习，应该把有限的时间用在"六合之内"，学习好"春秋经世先王之志"，不要为了猎奇、刺激去攻乎异端。应该说孔子的观点是正确的，我们都知道，一个小孩子如果没有听过鬼怪故事，夜里独自一人走过墓地也不会害怕，一旦听多了鬼怪瞎话，不要说一个人走墓地，就是走夜路都会战战兢兢。所以，孔子让弟子们"非礼勿视，非礼勿闻，非礼勿言，非礼勿动"是有道理的，大脑沟回就像一页页复印纸，"怪力乱神"这些奇谈怪论复印多了，经史子集就少了版面。大脑一旦储存多了那些乱码般的知识，想删除、归零或格式化就做不到了。腹有诗书气自华，心多鬼怪影成阴，学习中的青少年，最好不要在"怪力乱神"这样的东西上浪费时间和精力，偏离学习的大方向。

我有位特别聪明的中学同学，学习成绩也好，但在高中阶段痴迷于武侠小说，而且不能自拔，结果高考落榜。多年以后我们见面，我问他还读武侠小说吗，他摇摇头道：我弄明白了，那些绝世武功大都是虚构的故事。我不免心生感慨，正是那些虚构的故事导致他高考失利。

孔子的生态悲悯情怀

一般看来,儒家是强调以人为本的,对生态似乎不感兴趣,因为强调了人,那么其他一切就要服务、服从于人,也就是“万物皆备于我”。但是,这个结论显然是片面的,事实上,孔子有“至圣”之称绝非浪得虚名,他在方方面面都有超常的思想。在生态问题上,孔子的思想已经超越了农耕时代的局限。

为什么这么说呢?我们可以看看《论语》是怎么说的:“子钓而不纲,弋不射宿。”纲,就是横在河面上的大绳索,在这种网绳上拴住网,河里的大鱼小鱼只要顺流而下者,就会被一网打尽。宿是归巢的鸟,用箭射鸟,要有所选择,归巢之鸟就是倦鸟,辛苦寻食了一天,在回家时你一箭射下来,这就有些冷酷了。孔子这样做是在告诉人们,对动物要心存仁爱,不可乱捕滥杀。古人解释说:“孔子少贫贱,为养与祭,或不得已而钓弋,如猎较是也。然尽物取之,出其不意,亦不为也。由此可见仁人之本心矣。待物如此,待人可知;小者如此,大者可知。”

《四书训义》曰:“以万物养人者,天地自然之利,故钓也弋也不废也。钓不必得而纲,则竭取;弋劳于得而射宿,可以命中。不尽取者,不伤吾仁;不贪于多得,而弃其易获者,不损吾义。”这段话把孔子的想法分析得很到位。“不尽取者,不伤吾仁”,这和《礼记》中记载的“昆虫未蛰,不以火田。不麛,不卵,不杀胎,不殀夭,不覆巢”是一个道理。当然,孔子的思想也不是没有渊源,“为人君而不能谨守其山林菹泽草莱,不可以立为天下王”,这是很多诸侯都认同的生态原则。

大家都知道孔子“君子远庖厨”这句话,是孔子看不起厨子吗?回答显然是否定的,孔子是对杀生有所忌讳,孟子的解释是:“闻其声不忍食其肉,见其生不忍见其死,是以君子远庖厨也”。这里面体现的是恻隐之心、万物有灵,是一种朴素的悲悯情怀和恩及万物的大爱。其实,这种思想说到底还是生态上的相互依存、和谐共生问题。

孔子在丧葬问题上主张“不封不树”,很多人仅仅将其理解为厚养薄葬。其实,孔子这个主张也有生态含义。“封”就是筑坟,“树”就是栽树。在春秋战国时期,人们重视祭祀,不会把故去的亲人埋到山野里,那样不但祭祀不便,也有对故人不敬之嫌,埋葬到熟地(耕地)里是讲究的做法,而这样一来,就要占用耕地了。生老病死是常事,如果提倡“封”和“树”,那么,坟茔就会越来越多,不断蚕食农田,出现死人与活人争地盘的状况,到后来,满地坟丘就成了生态问题。

关于孔子对动物的保护有这样一则故事,就是“西狩获麟”。鲁哀公带领臣子到城西大野(现今巨野县)一带打猎,叔孙氏的车夫射中了一头怪兽,人们不知道这是何物,便去请教孔子。孔子一见便认出这是麒麟,是传说中的天下第一仁兽。孔子当时就落泪了,伤心不已,遂有了著名的“获麟垂泪”典故。

物以类聚，人以群分，孔子的悲怜之情可想而知，他让哀公将麒麟带回去疗伤，不想麒麟宁死不肯苟活，很快就绝食而死，据说现在山东巨野县还有麒麟镇、麒麟冢。孔子因为伤心，自此搁笔不再写作，这也是很多人感到遗憾的事。

人们都知道孔子编撰《诗》，而且要求弟子要学《诗》，为什么学《诗》？孔子有这样一条理由，就是“多识于鸟兽草木之名”，这就是在强调生态知识的重要性了。《诗》是自然与社会的百科全书，有人统计说《诗》中提到了 138 种植物，这个数字对于古人来说，就是难得的知识点了。古人对学问的追求主要是博学，孔子能认出一些别人不知道的东西，比如防风氏的巨骨，比如肃慎族的短箭，这都是因为孔子博闻强识、不耻下问。在孔子那个时代，除却治国理政所需的“礼”之外，最重要的知识就是对自然的认识了，而《诗》恰恰就是一本难得的教材。

孔子说“迅雷风烈，必变”，最能说明圣人对大自然的敬畏之心。打雷刮风，这是自然之变，人力不能左右，对此，人们应该有所敬畏，而不是一味对抗，幻想着人定胜天。人们向大自然掠夺的东西，总有一天，大自然会成倍讨回去，这是自然平衡的天道所定，因此，人类不能盲目自大。在存在了亿万年之久的宇宙和地球眼里，人类之微小恍若浮尘，敬畏自然其实是一种明智的自保。比如说，打雷时牧民不到草原上放牧，这是用生命换来的生存经验，因为雷雨天气到大草原上活动，恰好会成为雷殛的活靶子。

孔子有一句话许多人都耳熟能详，即“知者乐水，仁者乐山;知者动,仁者静;知者乐,仁者寿”。孔子将人的评判和自然山水联系起来,说明孔子心中有山,眼中有水,是热爱自然的表现。像青山一样宁静稳健,像流水一样欢快喜悦,这是向自然学习的一种境界。

孔子曾感叹:“山梁雌雉,时哉时哉!”这是从山岗上野鸡自由自在的情景中得到的人生感悟,人也要像雌雉一样,“得其时”,如果不能做到这一点,就会成为时代的弃儿。可见,孔子的生态悲悯情怀是人与自然融为一体的整体发展观,这种观点超越了时代局限,将人类的命运同环境的命运紧密联系在了一起。

孔子眼中的法与情

有人用孔子说过的一句话来指责孔子,说他因情枉法。这句话就是"父为子隐,子为父隐,直在其中矣!"。

孔子这句话并不是说他自己要这么做,而是说本乡的人如果出现父亲偷羊的犯罪行为,儿子不会去官府告发,而会儿子替父亲隐瞒,父亲替儿子隐瞒,正直就在这种隐瞒当中。

用现在的法理来看,孔子这是主张包庇。父子相互隐瞒犯罪行为,岂不都是犯罪行为?但是,如果把这个问题拿到当时的社会中分析,就会觉得孔子的话充满情与法相融合的智慧。

首先看,为什么要隐?法令的制定,目的在于规范社会关系,而在社会关系中,父子关系无疑是极为重要的,如果因为执法,使这一关系遭到破坏,这便有违法律制定的初衷。那么,发现父亲偷羊,做儿子的无奈之下选择"隐",这是没有办法的办法。如果不"隐",父亲会遭受惩罚,虽然罪不至死,但苦役、囹圄之灾恐怕难免。儿子知道父亲在监狱里遭罪,儿子心里会是何种感受?在告和隐两种选择面前,儿子选择后者是可以理解的。

其次,为何直在其中?叶公当时对孔子说:"吾党有直躬者,其父攘羊,而子证之。"就是说"我"的家乡有个正直的人,他的父亲偷了人家的羊，他告发了父亲。叶公所说并不是偷羊本身，而是想说“直躬者”，也就是说正直的人。孔子的回答当然也是围绕着“正直”来说。孔子认为，父为子隐，子为父隐，正直就在其中了。孔子这句话的逻辑根据是孝和慈，一个儿子，为了孝道不惜冒囹圄之险，这本身就是正直；而一个父亲，为了儿子背黑锅，这也是需要勇气的。一个有勇气的人，必定也是正直的人。反之，如果一根麻绳把亲人捆了去见官，这在人伦上该是多么残忍的行为！出现这种行为，一般情况下不是多么有法治精神，无非是怕自己受到牵连，尽快划清界限而已。

再者，要看隐的是什么事。孔子是讲原则的，在大是大非问题上绝不含糊。叶公说的是一件“偷羊”的事情，在乡下，偷猪羊鸡这样的小偷小摸很常见，属于日常纠纷，不是什么杀人越货、人命关天的大事，孔子对此没有上升到置顶的礼制要求，所以才能容忍“隐”。如果是原则大事，孔子的态度一定会发生改变。

孔子说过，君失之，臣得之；父失之，子得之；兄失之，弟得之；己失之，友得之。也就是说君臣、父子、兄弟、朋友之间应该真诚地相互忠告、补缺，不能眼看着对方出事而无所行动。良药苦口利于病，忠言逆耳利于行。商汤和周武王因为能听取进谏的直言而使国家昌盛，夏桀和商纣因为只听随声附和的话而国破身亡。国君没有直言敢谏的大臣，父亲没有直言敢谏的儿子，兄长没有直言敢劝的弟弟，士人没有直言敢劝的朋友，要想不犯错误是不可能的。可见，孔子主张在法理的框架内，应该更多地发挥情感的作用。

孔子的学生闵子骞到费县当县长，向孔子请教施政办法，子曰："以德以法。夫德法者，御民之具，犹御马之有衔勒也。君者，人也；吏者，辔也；刑者，策也。夫人君之政，执其辔策而已。"这段话的意思是：用德政和法制来施政。德政和法制是治理民众的工具，就好像驾驭马用勒口和缰绳一样。国君好比驾马的人，官吏好比勒口和缰绳，刑罚好比马鞭。君王执政，只要掌握好缰绳和马鞭就可以了。这段话很好地体现了孔子的法治思想。马鞭，不一定要鞭鞭抽实，有时空爆一鞭也会达到让马儿奔跑的目的，抽不抽实，这就要从效果来考虑了。我国《刑法》第一百八十八条规定，经人民法院通知，证人没有正当理由不出庭做证的，人民法院可以强制其到庭，但是被告人的配偶、父母、子女除外。这条法规便是在综合考虑法与情的基础上做出的，是值得点赞的良法。

孔子厌苛政

《礼记·檀弓下》中有《苛政猛于虎》一文,记载孔子和弟子子路路过泰山时,遇到一名身世凄惨的妇女的故事。当地虎患严重,可就是因为其他地方有国君苛刻的暴政,所以她和亲人宁愿一直住在这里,以至于后来竟有多人连同她的亲人也被老虎咬死,只剩下她一人对着亲人的坟墓哭泣。

苛政的标志是横征暴敛,执政者想方设法加大税收,巧立名目搜刮民脂民膏。这种治政思想与孔子的施政观是格格不入的。孔子说:“道千乘之国,敬事而信,节用而爱人,使民以时。”(《论语·学而》)认为治理国家不但要节约财政支出,而且要轻用民力,适时征发力役,不违农时。

孔子之所以厌恶苛政,是因为苛政与德政相对立。孔子主张实行德政,“为政以德,譬如北辰。居其所而众星共之”。这种德政被孟子发展成了仁政王道,王道的通俗阐释是:以德治国,贤良得用,礼制实行,近悦远来,赋税徭役适度,人民丰衣足食。可以说,孟子的仁政王道,较好地体现了“民贵君轻”思想。

仁政与苛政的对立,实际是儒法之争,历史上实施仁政不乏周初、唐初等范例,而且持续时间不短;而实行苛政的,却不能长久。苛政的出现,有两个前提:一是有一个被孟子称为“独夫民贼”的国君，二是有一批助纣为虐的酷吏。独夫民贼为了满足私欲，视国民如鱼肉，为所欲为，不受约束，朝野上下，千人皆诺诺，无一士敢谔谔。《史记·商君列传》所记“武王谔谔以昌，殷纣墨墨以亡”，就是从两者比较中提醒人们要防止出现苛政现象。

独夫民贼的出现虽是偶然，但也不是没有规律可言，他们大都有强国之功绩、一统之伟业，在高台庙堂之上，膨胀自大，不知危险将至。夏桀如此，商纣王如此，周幽王、周厉王亦如此。墨子说：“暴王桀、纣、幽、厉，兼恶天下之百姓，率以诟天侮鬼，其贼人多，故天祸之，使遂失其国家，身死为僇于天下。”但是，这些国君并非弱智，难道不知道实行苛政会导致国破家亡？这样一问，问题就来了，苛政滋生，在于有一大批为虎作伥、抬轿子的佞臣做土壤，正是佞臣们摇唇鼓舌，堵塞言路，整天给国君提供一些虚假信息，才导致了国君日益狂妄自大、忘乎所以。

酷吏为孔子所不齿。与孔子同时代的阳虎就是一个酷吏，这个家臣出身的卑鄙之人阳奉阴违，长于搞阴谋诡计，甚至发展到篡权叛乱的地步，孔子当然厌恶他了。

历史上有名的酷吏很多，他们以其不近人情、泯灭人性而被刻在了耻辱柱上。司马迁写的《酷吏传》发人深省，他提出国家政治的美好，在于君王的宽厚，而不在于法律的严酷。酷吏如野马，苛政似车舆，两个狂奔起来，国君也无法驾驭得了，那么受苦受难的只能是下层官吏和黎民百姓。因为权力会被逐级放大，砝码会层层加重，皇宫里一纸薄薄的政令，到了基层就会变成血淋淋的人皮，这是历史上多次出现的教训。《汉书》记载：酷吏宁成在家闲居时，皇帝想让他当太守。御史大夫公孙弘说："我在山东当小官时，宁成做济南都尉，他处理政事就像狼牧羊一样凶狠。宁成不可以用来治理百姓。"皇上就任命宁成当关都尉。一年以后，关东郡国的官吏察看郡国中出入关口的人，百姓都说："宁肯看到给幼崽哺乳的母虎，也不要遇到宁成发怒。"据说，哺乳期的母虎因为保护幼崽，十分凶狠，见谁吃谁，过往商旅宁可见老虎也不希望见到宁成，可见这个酷吏对人凶狠猛于虎。

关于实施仁政这个问题，孔子曾对弟子子夏说过：要遵奉"三无私"的精神，以恩德招揽天下百姓。所谓"三无私"，即像上天那样无私地覆盖万物，像大地那样无私地承载万物，像日月那样无私地照耀万物。按照这三条来招揽天下百姓，就叫作"三无私"。可见仁政与苛政的本质区别是公与私的问题。出于公心，哪怕有所失误也是日月之蚀；发自私欲，尽管冠冕堂皇，也会欲盖弥彰。孔子厌恶苛政，归结到人的问题上，是一个君子治国还是宵小治国的问题。

孔子缘何爱《诗》

《诗》是孔子编纂的，有305篇，汉代被推崇为《诗经》。孔子教授弟子，很愿意引用《诗》，《论语》中就多有记载，可见孔子特别喜爱《诗》。当时还没有秦始皇焚书坑儒之事，各类典籍不少，孔子为什么偏爱《诗》？要知道《诗》并非圣贤之作，大都采自底层民间，反映劳苦大众生活情感的居多。究其原因，不外以下几个方面：

在孔子眼中，诗中有历史，读诗就是读史。

在孔子编撰《春秋》之前，我国没有真正意义上的史书，《书》只是古老的皇室文集。历史上许多重大事件、重要人物都被散记在民间歌谣当中。人们说文学是最早的历史，就是说这种现象。孔子通过读《诗》，了解到了许多历史知识，比如《周颂·武》这首诗，就反映了周武王克商这段历史。《左传》记载：武王克商，作《武》，其卒章曰"耆定尔功"；又《礼记·乐记》记载，孔子曾说《大武》"再成而灭商"，可知《武》是《大武》乐舞中的歌诗。《武》之乐舞，表现的正是武王于牧野克商的历史事实。周武王伐商，在牧野与殷军决战，殷军前部倒戈，纣王败回朝歌自焚，殷商灭亡，周武王取而代之。周武王功勋卓著，周人作诗对他大加赞颂。这首诗的背景就是一段真实的历史，要想理解这首诗,必须了解这段历史。诗中写道:“於皇武王! 无竞维烈。允文文王,克开厥后。嗣武受之,胜殷遏刘,耆定尔功。”译成白话就是:啊! 我的先祖伟大的武王,您的功勋没有人超越! 文王的功业也非凡,开创基业建立了周朝。武王继往开来受命于天,打败殷商从此天下太平,奠定了您不朽的伟绩丰功。再比如《东山》,从一个参加周公东征的士兵抒发情感的角度,反映了那段征伐历史,读这些诗如同读史,是对历史的有效打捞。

在孔子眼中,诗中有百科,读诗就是学习。

风物考证,自古以来是诗经研究中一个重要的方面,之所以有这样的研究,是因为孔子说过读诗可以“多识鸟兽草木之名”。“六经名物之多,无逾于诗者,自天文地里,宫室器用、山川草木、鸟兽虫鱼,靡一不具,学者非多识博闻,则无以通诗人之旨意,而得其比兴之所在”(纳兰成德《毛诗名物解·序》)。孔子说“不学诗,无以言”,就是说,如果你不了解风物百科知识,和人说什么、怎么说? 没法和有知识的人交流啊。读诗,就是最好的学习,是丰富自己百科知识的最佳途径。有人写了一本书:《美人如诗,草木如织——诗经植物图鉴》,分十二类对《诗》中138种植物做了介绍。野菜类有荇菜、卷耳、芣苢、蒌、蕨、薇、苦、荠、竹、蒲、莫、葵、莱、莪、芑、蓫、葍、芹、堇、蓼、茆。栽培蔬菜类有匏、菲、葑、韭、椒。栽培谷物类有黍、粱、稻、麦、来、菽。药材植物类有苓、蝱、蓷、艾、蕢、杞、葽、果赢、唐。果树类有棘、枣、甘棠、梅、葛藟、桃、李、榛、栗、樕、苌楚、郁、薁、瓜、枸、楰、栵。纤维植物类有葛、麻、纻、榖、桑、檿、檕。染料植物类有绿、茹藘、栲、蓝、柘。用材植物类有条、朴、柏、椅、桐、梓、桧、松、檀、枢、枌、栲、杻、栩、杨、梅、驳、楛、樸、柞、梧桐、杞、柽。器用植物类有楚、漆、竹、萋、蕑、菅、台、莞、蓑。观赏植物类有唐棣、谖草、木瓜、木桃、木李、舜、荷、游龙、勺药、茭、苕、椐、杨柳、杞、鹝。祭祀植物类有萧、蓍、鬯、蘩、苹。象征植物类有藻、蓬、葭、茨、荚、芄兰、莠、菽、苕、稂、茑、女萝、苹、蒿、芩、蔚。如此这般,就是植物学家也要下一番功夫来分辨,所以读诗的过程是实实在在长知识的过程。

在孔子眼中,诗中有美丑,读诗就是审美。

孔子有言:"《诗三百》,一言以蔽之,思无邪。"无邪,就是审美上的纯正,是"乐而不淫,哀而不伤"。关于无邪的标准,后人说法很多,冯友兰先生的观点是"非礼勿视,非礼勿听,非礼勿言,非礼勿动,非礼勿思",实质也就是孔子说的"仁"。孔子在编纂《诗》时,保留了许多讽刺性的诗歌,比较有名的是《氓》,写一个女子对负心汉、对世态炎凉的感叹,但诗的结尾没有悲观,没有绝望,而是表示出一刀两断的决心:"及尔偕老,老使我怨。淇则有岸,隰则有泮。总角之宴,言笑晏晏。信誓旦旦,不思其反。反是不思,亦已焉哉!"

还有一首诗《邶风·新台》,全诗三段,是民众讽刺卫宣公劫夺儿媳姜氏(宣姜)的诗。诗文如下:"新台有泚,河水㳽㳽。燕婉之求,籧篨不鲜。新台有洒,河水浼浼。燕婉之求,籧篨不殄。鱼网之设,鸿则离之。燕婉之求,得此戚施。""译成白话大致是这样:新台壮丽安乐窝,河水东流波连波。白马王子我所求，谁知娶我是罗锅。新台楼高好气魄，河水缓缓好辽阔。白马王子我所求，谁知娶我是罗锅。设好鱼网把鱼捕，鸿雁高飞免遭祸。白马王子我所求，谁知娶我是罗锅。卫宣公是鸡胸驼背之人，却强娶儿子的未婚妻，这种不顾人伦的丑行因为这首《新台》，被永远刻在了历史的耻辱柱上。

在孔子眼中，诗中有哲理，读诗就是明理。

孔子说："小子何莫学夫诗？诗可以兴，可以观，可以群，可以怨。迩之事父，远之事君，多识于鸟兽草木之名。"兴、观、群、怨非常精准地概括出诗歌的教化明理功能。兴：抒发情志，是指诗的抒情功能。观：观察、了解社会与自然，是指诗的认知功能。群：结交朋友，团结同道，是指诗的凝聚人心功能。怨：讽刺，是指诗对社会不合理现象的批判功能。四种功能的本质是明理，让人懂得"事父""事君"的道理。有了孔子这种概括和归纳，后人才提出了"文以载道"的文学思想，把文学提高到"经国之大业，不朽之盛事"的高度。孔子编纂《诗经》的宗旨之一是修身养性、治国经邦。《诗经》反映了劳动与爱情、战争与徭役、压迫与反抗、风俗与婚姻、祭祖与宴会，甚至天象、地貌、动物、植物等方方面面，这些生活表象的背后都蕴含着修身养性、治国经邦的道理，从这个意义上再去看《诗经》六义——风雅颂赋比兴，就会悟出更多的韵味。

孔子眼中的优伶

古之优伶，即今日之演艺人士。孔子如何看待这个群体，需仔细考证方知。许多人因为优伶之族在古代被拒于科举门外，便得出结论，孔子鄙视这一行当，认为其是下九流之列，登不了大雅之堂。

这么去推断孔子，得出的结论是片面的，反映不了孔子的真实思想。在孔子那个时代，优伶就有了雅俗之分。一般来说，用于庙堂庄重仪式的舞乐是雅乐；而为了娱乐表演则是大众的，可以称为俗乐。孔子并不反对大众娱乐，但是如果把这种杂耍搬到庄重严肃的场合，孔子是坚决不允许的。

孔子对雅乐迷恋很深，据《论语》记载："子在齐闻《韶》，三月不知肉味。曰：不图为乐之至于斯也！"因为《韶》乐的美妙动听，孔子三个月忘了肉的滋味，达到了一种忘我的境界。《韶》乐是夏、商、周三代帝王作为国家大典的用乐，《韶》乐集诗、乐、曲、舞为一体，演出阵容可观，动用乐器众多，孔子在学习《韶》乐中受到了强烈的感染，进而生出对这部古代宫廷雅乐的崇敬之情。欣赏《韶》乐，必然爱屋及乌，也会欣赏表演者、演奏者，不可能情感上产生分裂，由此可以推断，孔子对优伶并不抱有什么成见。

其实,优伶的出现并不是在春秋时代,早在夏、商、周时期就有了。优伶表演是国家活动的重要组成部分,是属于教化范畴的不可或缺的活动形式。崇尚周文化的孔子,一贯重视礼乐的教化作用,不可能对优伶抱有成见。

据《论语》记载,一个叫冕的乐师来见孔子,走到台阶边,孔子就提示他这里有台阶;走到坐席边,孔子又提示他这里有坐席;等大家都坐好后,孔子又一一介绍,说某某在这里。孔子为什么要这样做?因为冕是个盲人。古代乐师盲者居多,孔子这样照顾一个盲人乐师,足见对冕的尊重。

人们都知道汉代因为董仲舒向汉武帝提出了“罢黜百家,独尊儒术”的建议,使儒学成为名副其实的官学,就是在儒学中兴的汉代,“乐府”得到了繁荣兴盛。如果儒家的鼻祖孔子反对优伶,“乐府”何以能蓬勃发展?

那么,孔子对待优伶到底是个什么态度呢?笔者斗胆揣测,无非以下几点:第一,不以表演者分尊贵,而以雅俗定优劣。了解孔子的人都会有一个共识,那就是反三俗自孔子始,孔子之所以说“放郑声”,要禁绝郑国的音乐,就是因为郑声“淫”,所谓“淫”用今天的话说就是有点靡靡之音的味道,孔子认为这样的三俗音乐对人没什么益处,不应该提倡。孔子对卫国的音乐也很鄙视,认为是“乱世之音”,循吏应该“耳不闻郑卫之音,手不持珠玉之玩”。但是查遍典章古籍,却找不到孔子对表演这些俗乐的优伶的批判,可见孔子是对乐不对人。

第二,优伶作为一种职业,应该受到社会的尊重,应该肯定其价值。孔子年轻时做过两个小差事,一个是乘田,一个是委吏。乘田,就是管理牛羊的小吏,说是小吏,其实就是一个饲养员。孔子在乘田这样的职位上,干得很出色,把牛羊饲养得膘肥体壮。委吏,是仓库保管员,孔子做这项工作也非常称职,把账目记得清清楚楚。由此来看,孔子对底层百姓谋生之辛苦是同情的,依孔子的道德观,他不是那种得意便忘本之人,优伶之苦他能感同身受。

第三,为官者对音乐要爱而不迷,进得去、出得来。鲁定公十四年(前 496 年),齐国担心鲁国强大起来,便用了一计,给鲁国赠送宝马三十驷、美女八十人,让这些培训过的美女表演歌舞《康乐》,鲁定公果然从此沉湎于此,不理朝政,导致心灰意冷的孔子辞官而去。孔子并不是反对鲁定公欣赏《康乐》,但爱好任何事物都要有个度,爱而不迷乃英豪,鲁定公沉迷女色而不能自拔,预后不会很好。果然,孔子辞职三年后,执政十五年的鲁定公便死了。

遗憾的是,自宋以后的封建时代,表演雅乐的优伶们越来越少,郑卫之音却大行其道,这是孔子去世一千多年后的事了。

孔子怎样面对困局

《论语》中有这样一段文字:子畏于匡,曰:“文王既没,文不在兹乎?天之将丧斯文也,后死者不得与于斯文也;天之未丧斯文也,匡人其如予何?”这段话往往被人所忽略,认为这是孔子被围困时的无奈感慨。其实,孔子这段话表示的是一种信念,他想说的是:信念无敌。

孔子遭遇的这场困局有点滑稽,匡人曾经受过鲁国大夫阳货的祸害,对阳货恨之入骨,孔子周游列国,走到匡地,因为孔子与阳货长相相似,匡人误认为路过的是仇敌阳货,便把他围困起来,不让他们走。饥渴交困的孔子面临十分危险的境地,对此,孔子才说了上面一段话:文王死了以后,传承周代的礼乐文化的担子不在我身上吗?如果老天要灭亡这种文化,那后人就不可能掌握这种文化了;老天若不想灭亡这种文化,那匡人能把我怎么样呢?

我想,孔子这段话至少表达了三层意思,一是象征着前贤文明的周代文化不能亡;二是老天会眷顾那些担负历史责任的人;三是恐惧解决不了问题,与其战战兢兢,不如从容面对,保持君子豁达,福祸任由之。

孔子一生有两次大的困局,一次是历史上有名的“陈蔡之厄”，也就是史书上说的“陈蔡绝粮，从者病，莫能兴”，说的是孔子率众弟子周游列国，在陈地与卫灵公话不投机，动身南下，被陈国和蔡国的人围困在郊外路上，结果粮绝人病，不能行走，这便是历史上有名的孔子“陈蔡之厄”。面对困厄危险，孔子不动声色，他讲习诵读，演奏歌唱，传授《诗》《书》毫不间断，哪怕弟子子路抱怨他，他也不多做解释。与此同时，他派子贡去楚国向楚昭王求救，楚昭王兴师动众来接应，陈蔡之困得以解除。在这件事上，孔子的沉稳稳定了人心，与个别弟子谈话达成了共识，派善于经商的子贡出使楚国用对了人，这是陈蔡困局得破的主要原因。还有一次困局是孔子在鲁国当大司寇摄相职时，齐国为了离间鲁国君臣，给鲁国送去美女八十名，良马一百二十匹。鲁定公和季桓子果然经不起诱惑，日夜沉湎于此，歌舞作乐，导致朝政荒废，君臣隔阂。孔子劝说无效，最后选择了离开。这件事中孔子选择离开无疑是正确的，符合他说的“邦有道则仕，邦无道则隐”的一贯思想。孔子如果贪恋权势继续留任，后果就很难预料了。两次困局，孔子采取了两种不同的态度和方法来破局，从中我们不难看出，孔子破解人生困局的态度既坚定又灵活，有朴素辩证的思想在其中。

我们常说“打死犟嘴的，淹死会水的”，都说明了这样一个道理：在困局中要通变理、知进退。明知不可为而为之是为不智，历史上糊里糊涂陷入困局不能破局者举不胜举，轻者贻误良机，重者搭上了身家性命。有人对清末重臣曾国藩不吝赞赏，原因就是这位大权在握的人物既善于做局，更善于拆局、破局，最后得以善终。

读史为了鉴今。人的一生会深陷大大小小各不相同的困局，如何去应对，怎样来破局，孔子的做法无疑值得借鉴，总结孔子破局的经验并用现在的语言表述，就是只要做到以信念为压舱石，以安危为风向标，以随机应变为方略，保持定力，审时度势，做到“是虽常是，有时而不用；非虽常非，有时而必行”，就能化险为夷，摆脱困局。

孔子之仁

了解孔子,必须弄清孔子思想的核心——仁。在《论语》12700字中,"仁"字出现109次,足见仁之重要。那么,如何理解仁的内涵呢? 仁大致可以划分为政治、社会和个人三个层面。

政治层面:仁有三个方面的内容

一是仁政。所谓仁政,就是要为政以德。"为政以德,譬如北辰,居其所而众星共之。"就是说,如果做到了为政以德,就好像北极星一样,定居在天的中枢,而群星围绕着它。为政以德的意思就是要有道,这个道就是王道——一条能够使人与人、人与社会、人与自然之间相互协调发展的治国之道,其要旨是以德治国。国运昌盛之日,必是王道深入民心之时。

二是人本。也就是以人为本。周公的思想是敬德保民,孟子则将这一思想概括为民贵君轻。孔子在刚刚脱离奴隶制的社会背景下就主张以人为本,主张人权,这对我们今天已经不仅仅是个启示了。有两个例子就很说明问题。例一,"厩焚。子退朝。曰:'伤人乎?'不问马。"孔子的马棚被烧了,孔子从朝堂回来,问道:"伤人了吗?"没有问马的情况。这里有两个因素我们必须考虑，一是古代的马，就类似现在的车：好马，就如现在的奔驰、宝马、凯迪拉克。二是喂马的人在古代是下人，是奴仆，那么孔子不问马只问人，说明孔子对人的关心要胜过对马的关心。如果是现在，一个大老板的私家车库烧了，库里又是他耗资百万新买的大奔，他会像孔子那样问吗？例二，有个叫宰我的学生问孔子，一个仁人，有人告诉他说井里掉进一个人，这个仁人会跟着跳下去吗？孔子说：为什么要这样做呢？君子可以去救他，但不能盲目地陷入井里。“君子可欺也，不可罔也”，就是说一个君子可能被欺骗，但不可被愚弄。

三是中庸。为政要不偏不倚，要中和，这就是中庸。中庸对仁的体现，主要有三个层面的含义：第一，不能相信异端学说；第二，路线要端正，应该不偏不倚；第三，要“敬鬼神而远之”，鬼神，为政者要敬，但不能迷；第四，慎刑。重教化轻刑律，要避免出现暴政，通过教化尽力避免犯罪，以德化刑。所以孔子说：“道之以政，齐之以刑，民免而无耻；道之以德，齐之以礼，有耻且格。”后人对仁政王道重要性缺少认识，总是陷入“重刑治乱，越治越乱”的怪圈儿。其实，靠刑律解决不了根本问题的，老子早就说过：“民不畏死，奈何以死惧之。”当一个人活着不如死了的时候，他还会怕死吗？所以孔子认为刑律的最终目的是无刑，人们都有比较好的道德规范，都遵纪守法，刑律目的就达到了。

社会层面:仁有三个方面的内容

一是与人为善。在儒家学说中,善是德的一种表现,它的内涵十分丰富,可以理解为修行、宽容、慈悲、恩泽等等。

与人为善一方面是善待自己,也就是"独善其身";另一方面是善待别人,子欲立而立人,子欲达而达人,君子成人之美,不成人之恶。这一思想是典型的自律思想,儒者是通过对自己的约束进而影响社会的。"老吾老,以及人之老;幼吾幼,以及人之幼",这是由己及他,由此及彼,潜移默化而不强人所难。"恻隐之心,仁之端也"是善的表现。

二是见贤思齐。独善其身,怎么独善?孔子的观点是学习,要"见贤思齐,见不贤而内省","三人行,必有我师焉。择其善者而从之,择其不善者而改之"。见贤思齐其实是一种学习的态度和方法,具有积极的审美意义。我们在生活中,应该善于发现美,善于学习美,要择其善而从之。正如孔子所说:"十室之邑,必有忠信如丘者焉。"比如我们在处理或对待一件事物时,能不能一分为二;能不能择其善而从,择不善而改,这反映了一种世界观。

三是正心诚意,格物致知。孔子认为"一家仁,一国兴仁"。家在儒学思想体系中的地位不可或缺。孔子认为"修身、齐家、治国、平天下"是一条正大光明的道路。如何齐家?孔子认为:"欲齐其家者,先修其身;欲修其身者,先正其心;欲修其心者,先诚其意;欲诚其意者,先致其知;致知在格物。"齐家最后落在了格物上,格物就是探究事物的原理。

个人层面:仁也有三方面内容

一是克己复礼为仁。怎样克己复礼呢?就是能行五者于天下。这五者即“庄重、宽厚、诚实、勤敏、慈惠”,也就是“恭、宽、信、敏、惠”。孔子认为:庄重就不会受到侮辱,宽厚就会得到群众的拥护,诚实就会得到别人的任用,勤敏工作就会有成绩,慈惠就会很好地使唤别人。孔子说:“人而不仁,如礼何?”“人而不仁,如乐何?”仁在孔子心目中是为人的本质要求。

二是尽孝悌。孔子说:“仁者,爱人。仁者,人也,亲亲为大。”亲亲,就涉及了孝悌。孝,是子对父;悌,是弟对兄,两者不是一回事,但孝与悌都是仁的具体表现。那么,什么是孝?解释有广义和狭义两部分,就狭义的孝而言,其内容主要是子承父志,不改父之道;事父母,使父母愉悦,为父母养老送终;光宗耀祖,慎终追远。那么,什么是悌呢?悌的本意是弟弟对兄长的尊重。儒家学说之所以有这么个提法,主要是为了符合礼,不混淆伦理,因为子对父可为孝,弟对兄就不能称为孝。“孝悌也者,其为仁之本欤!”这是孔子的结论,意思是孝和悌是仁的根本。

三是讷言敏行。讷言,就是慎言,轻易不表态。敏行就是勤于实践的意思。君子要少说多做,要勤于实践,交浅不言深。孔子认为仁德君子是不该乱说话的,整天讲话没完没了,不符合仁的要求。他本人就有“四不语”,即怪、力、乱、神。怪是怪异，力是暴力，乱是叛乱，神是鬼神。因为怪异、暴力、叛乱和鬼神往往都是些奇谈怪论，用今天的话说无非是些小道消息或市井段子，对此，孔子是从来不谈论的。

仁的内涵极为丰富，还有修养、学养和示范方面的含义，孔子很少用仁来评价人，说明孔子对仁的要求是在别的标准之上，这一点需要后人不断加深理解和感悟。

孔子重乾坤

孔子专门做《文言传》阐释乾坤二卦。孔子在阐释中表达了他的人生哲学——尊卑论，也就是地顺天、妻从夫、子孝父、臣忠君的法则。孔子以尊卑来支撑自己的礼制思想体系，他的君君、臣臣、父父、子子就是基于这一思想的发散。乾坤二卦，一阳一阴，一刚一柔，一尊一卑，孔子的解释可谓精辟入里，让人茅塞顿开。

尊卑互动与审时度势。孔子认为尊与卑虽然不以人的意志为转移，但尊与卑是可以相互转化的，尊贵上升到极点，就要进入下一个循环了。从这个基础说开去，君与民之间就没有什么神秘色彩，只是时位上的差异罢了，所以君子需要时时“终日乾乾，夕惕若厉”，要时刻戒惕警惧，这样才能“无咎”。要“居上位而不骄，在下位而不忧”，进德修业，等待时机。这种等待的过程是进德的过程，也是审时度势的过程。《孝经》里讲：居上而骄则亡，居下而乱则刑。说的也是孔子这种一贯的人生哲学。孔子在评价宁武子时说“邦有道，则知；邦无道，则愚”，是说宁武子这个人在国家政治清明时，便显得聪明；当政治腐败时，便装糊涂。这种对时事的把握是很高明的，聪明谁都可以学，装糊涂就是人家学不来的了。由此我们可以想起明代清官郑板桥的那块横匾，那歪歪扭扭的“难得糊涂”确实不是谁都能做到的。当然，孔子说的糊涂并不是真糊涂，他在另一处做了很好的诠释：“邦有道，危言危行；邦无道，危行言孙。”什么意思呢？就是说国家政治清平时，要说话正直，行为正直；国家腐败时，要行为正直，说话谨慎。这样做是需要充分把握好政治形势的。武侯祠有一对名联，是这样写的：能攻心则反侧皆消自古知兵非好战；不审势既宽严皆误后来治蜀要深思。这里的审势就是指应该看到事物的变化趋势，否则你就宽也不是严也不是，治蜀要深思，治国何尝不该深思？

后来有些人认为孔子消极，说孔子的审时度势就是为了明哲保身，批评孔子不敢为真理而献出生命。这样的挑剔是从局外者的立场来评价的，缺少一种对生命的真正关怀。

时位观念中的阶段论。时与位是《易经》中非常重要的两个概念，孔子通过乾坤二卦对这两个概念进行了深入的阐述，其标志性的提法就是事物发展的阶段论。乾卦中的六爻，孔子称之为六龙：“六爻发挥，旁通情也；时乘六龙，以御天也；云行雨施，天下平也。”这段话的意思是：乾卦六爻一经发动，其变化就曲尽天地万物之情理；犹如顺着不同时节驾起潜龙、现龙、惕龙、跃龙、飞龙、亢龙这六条巨龙，统御着天道变化，行云播雨，普降泽惠，给天下以太平。用孔子的观点来分析事物的发展，可以得出这样一个结论：凡事，都有六个发展变化阶段，这些阶段是不能逾越的，在某一个阶段就应该遵循某一个阶段的要求，否则，就会出问题。有的社会学家把人类社会的发展分为六个阶段，即原始社会、奴隶社会、封建社会、资本主义社会、社会主义社会和共产主义社会，这种分法是否源自《易经》，不敢肯定，但既然这么划分了，想超越某一种社会形态是不可能的。跃龙不到时机是成不了飞龙的，而惕龙想一步成飞龙更是违背规律的设想，所以说人们可以通过努力缩短某一个过程，但不能跨越这个过程，正所谓欲速则不达。明白了这个道理，我们也许会少走许多弯路。

六龙的含义是指事物的萌生、童蒙、储备、壮大、成就、巅峰六个阶段，这里蕴含着一个由量变到质变的道理。孔子认为："臣弑其君，子弑其父，非一朝一夕之故，其所由来者渐矣。"这里的"渐"字用得很好，我们都知道"防微杜渐"这个成语，这个"渐"本身就是指一个慢慢形成的过程。孔子认为发展到这种不可挽回的地步是因为"由辩之不早辩也"，就是由于为君为父者没有及早察明真相，做到防微杜渐。所以，孔子并不是被动地接受六个阶段，而是主张在这一规律的指导下去逢凶化吉，变害为利，是一种十分积极的人生态度。

知进退存亡不失其正。物极必反，盛极变衰，尊者不可能永远在上，卑者也不可能总是居下，"坤至柔而动也刚"，这是事物发展的规律。那么，君子如何对待这种曲折的变化呢？孔子道出了一个非常重要的原则，就是"不失其正"。这里的正是正道，是孔子在乾卦中说的君子要行的四德，即"体仁足以长人，嘉会足以合礼，利物足以合义，贞固足以干事"。这几句话译成白话是：把仁爱之心作为行事的根本原则完全堪称众人的尊长,集美好事物之大成并完全符合礼仪的要求,施利给他物完全符合道义的准则,保持守正坚定的节操完全能够妥善处理各种事务。这使人想起儒家学说的一个重要观点,穷则独善其身,达则兼济天下。位置的高低不是以自己的意志为转移的,孔子以圣人之誉周游列国尚有陈蔡之冷遇,不走运的读书人不是多如过江之鲫?进退存亡是人之常事,关键在于“不失其正”。有些人一遇到点挫折就不厌其烦地把一副祥林嫂的面孔送给所有的人,希望博得一点同情,这样的人既可悲又可怜,就是不可爱。

孔子尽管主张在邦无道时“天地闭,贤人隐”,但他坚决反对与腐败的人同流合污,他提出要不失其正,从这一点上说,就是反对任何偏离君子之道的倾斜。他认为君子的美德中和通达,正居体内,美在其中,而畅于四肢,发于事业。这样的美德是美之极致了。如此看来,有德行的君子应该是玉润珠圆、含而不露的,不一定非要一副圣徒的嘴脸,口是而心非,令人生厌。

老有老的样子

孔子说:“吾十有五而志于学,三十而立,四十而不惑,五十而知天命,六十而耳顺,七十而从心所欲,不逾矩。”这里提到了六十、七十两个年龄,也就是老年之后应该怎么做人的问题。孔子用耳顺和不逾矩来说自己到了这两个年龄的状态,这实际是在告诫人们人老了,要有老的样子。

耳顺,一般来说是能听进不同意见,这仅仅是两字的表面意思,孔子真正的用意是左耳进、右耳出,听见什么就像耳旁风一样顺风而过,不要在意。为什么这样说呢?这和人身体状态的衰退有关系,人老了,身体、精力都容不得自己再去承受更多的事物,这个时候就应该量力而行、适可而止。人老了,眼花是身体不让你去观察更细微的东西,观察到了无力去解决,空有一腔烦恼。老年人耳背也是如此,不要再去听别人的窃窃私语,正所谓眼不见心不烦,耳不听心清净,这实际是人体对自我的保护。

孔子主张老年人要有老的样子,这在他另一段话里也有所体现。“君子有三戒:少之时,血气未定,戒之在色;及其壮也,血气方刚,戒之在斗;及其老也,血气既衰,戒之在得。”这个得的意思其实是舍,人到了老年,该放下的就要放下,不能再什么都不满足，该颐养天年了，还劳累无度，这是对生命的透支。孔子说："人有三死而非命也者，人自取之。夫寝处不时，饮食不节，佚劳过度者，疾共杀之；居下位而上忤其君，嗜欲无厌而求不止者，刑共杀之；少以犯众，弱以侮强，忿怒不量力者，兵共杀之。此三死者，非命也，人自取之。"三条中首要一条，对老年人就是一个告诫，不能寝处不时，饮食不节，佚劳过度。老子也说过类似的话，目的都是告诫人们遵循自然规律，不要贪心过甚。

老年人，血气即衰，这是不可逆转的自然规律，对此，只能坦然面对。世上没有什么蓬莱仙岛，也没有什么长生不老之药，虚妄之心，往往会做出贻笑大方的蠢事。有一个老板听说科学家已经研究出人类基因转化药物，注射这种药物便可细胞再生，基因转换，活个一两百岁不成问题，为此，浪费了不少钱财。殊不知，真要是基因发生了转化，活着的那个人还是你吗？

七十不逾矩这句话很重要，它对民间那句俗语给予了修订。民间俗语是老要张狂少要稳。老了真的需要张狂吗？孔子的回答显然是有限度的，老年人可以张狂，因为在生命的黄昏，展现夕阳之美也是人之常情，但要记住，千万不能逾矩，逾矩就是犯忌，就是倚老卖老，为老不尊。

老有老的样子不是让老人无所作为，晚年生活只要安排得好，同样丰富多彩。孔子晚年把主要精力用在带领学生整理编撰古籍上，其成果甚至超过了他青壮年时期。老年人安排设计晚年生活需要考虑“耳顺”“不逾矩”两条，既不能再豪情万丈，也不要再怒发冲冠，因为老年人的血管变脆，血压变高，心脏负荷有限，做什么事情要量力而行，适可而止，防止突发意外。

品读《杂卦传》

孔子为《易》做七传，其中《杂卦传》最短，但这篇短文最值得玩味。

“乾刚坤柔，比乐师忧。”

孔子几乎是用诗的语言来解释乾坤比师四卦，语言之经济堪称大师，也说明孔子不愧是编纂《诗经》的高手，能一字点破卦义。

“临、观之义，或与或求。”

《临》《观》两卦的卦义，一个表示施予，一个表示寻求。临是下兑上坤，象征泽上有地，怎么会是施予的卦义呢？而观卦是下坤上巽，风行地上，又与寻求何干？仔细玩味孔子的分析结论，结合卦象再看，就会慢慢接受孔子的释义。临卦的卦象表明君臣相得，元亨利贞，这种情况当然要泽加于民。观卦中以酒酹地，说明心中必有所惑，需要求诸神明。

“屯见而不失其居，蒙杂而著。”

不失其居，就是安得其所。未脱离其母本胚胎，所以不失其所，占得此卦有利于封建诸侯也是这个意思。蒙卦其卦象是山下泉出，怎么会有错杂的概括？孔子如此解释的原因是此卦本意是启蒙，但启蒙教育有启蒙教育的原则，那就是“非我求蒙童，蒙童求我”。就是启蒙教育应遵循师生在目标上的统一，不能违背学生的意愿和兴趣进行启蒙教育。但是现实中往往不是这样，这个关系一直比较错乱，故有“而杂著”之说。这是孔子作为一个教育家对蒙清醒而敏锐的认识。

“震起也，艮止也，损益盛衰之始也。”

《震》卦喻雷霆震响，自然有兴起、荡起之意。艮为山，路遇山当阻，所以为止。正如此卦第一爻爻辞所说：“艮其趾，无咎，利永贞。”就是说，停住脚步，没有灾祸，利于永远守正。行路遇到大山阻挡，当止则止，贸然行进，必然有凶。孔子对此卦的总结是精辟的，解此卦，就在不失当止则止之道。《损》《益》两卦分别是兴盛和衰微的开始，这是很清楚的，所谓物极必反，福祸损益，必然所伏所倚。孔子对这两卦的解释，实际上在揭示一种事物发展的规律。

“大畜时也，无妄灾也，萃聚而升不来也。”

《大畜》，是积畜以待时，所以孔子给该卦定性为时。君子占得此卦应努力学习，修正德行，充实自己，以等待发展机遇。《无妄》是谨慎防灾，其主旨是不妄为，因为此卦的卦象是天下雷动，故不宜行动。孔子认为：“无妄之往何之益？天命不佑，行矣哉？”意思是说：老天不保佑你，能行动吗？《萃》卦是荟萃之意，表示聚。《升》卦的卦象是地里长出树木，节节上升，是极为亨通之意，所以孔子说“不来也”，是指升而不会回转。

“谦轻而豫怠也，噬嗑食也，贲无色也。”

《谦》卦之轻当自轻，自轻才能谦虚，正所谓人架子大了不值钱,自己把自己看得淡一些没有什么不好,因为你的素质和水平是客观存在的,不说也掉不了价,如果一味地推销自己,反倒容易被打折。《豫》卦卦象是地上有雷,雷声轰响,大地振奋,所以是和乐之意。但孔子在这个利于建功立业的卦中隐约有着自己的担心:沉溺于和乐,必然出现懈怠。《噬嗑》比较好理解,就是嚼食。孔子精彩的解释是《贲》卦。贲是修饰的意思,为什么会无色呢?原来任何修饰都不能过分,正如一个年老色衰的女子,想靠五花八门的化妆品,靠玻尿酸和硅胶来挽留去意已决的青春,其结果只能把自己弄得别人认不出来,这就是孔子所说的"无色",即失去本色。

"兑见而巽伏也,随无故也。"

《兑》就是喜悦的意思,喜于心必溢于表,故称见(现)。《巽》卦卦象是风上有风,风不断吹来,草木如何不伏?伏之意在于顺承,即随风而动。《随》卦无故就是没有祸患。孔子说君子观《随》卦卦象,傍晚就回家安歇,睡觉做美梦,因为这一卦就是平安无事之意。

"蛊则饬也,剥烂也,复反也,晋昼也。"

饬,是治理整顿。《蛊》卦是因为有变故,所以要整饬,整饬的目的是为了纠正错误,利于守正。《剥》卦是腐烂剥落,其卦象是高山伏在平地,说明其上位已经有所动摇,颓势已成定局,上位之人观此卦应该厚待下属,以求安居。孔子想告诉人们,君子从这一卦象中应该知道天道运行、消长盈虚的规律,以免不利于自身。《复》卦之反即返回之意,是说君子由上返下,当收敛其势,不要再过于张扬。《晋》卦之昼,则是一片光明的意思,晋见君王,自然蓬荜生辉,如同得到阳光照耀一样,此卦就如同它的卦象一样,上离下坤,太阳照耀大地,自然是前途明亮。

“明夷诛也,井通而困相遇也。”

《明夷》卦,顾名思义就是光明陨落,所以孔子定性为诛。从卦象看,此卦是下离上坤,说明太阳隐没大地,所以当韬光养晦,以图东山再起。孔子认为周文王正是以此卦脱险。《井》卦通达自不必说,因为不通就不是井了。而《困》卦则是遭遇艰难,孔子形象地比喻泽中无水为困,可以用卦中六三爻的爻辞来分析:“困于石,据于蒺藜;入于其宫,不见其妻,凶。”想想看,受阻于巨石,前进是无望了,周围又生满了蒺藜,被刺破手脚是难免的,好容易回到家里,却又不知道妻子去了何处,结果肯定是凶了。

“咸速也,恒久也,涣离也,节止也,解缓也。”

《咸》卦迅速,是因为咸是感应的意思。这个卦如果用现在的汉字,应该是个“感”字。“恒”为恒久,这是人人都懂得的字义,《恒》卦的要义是揭示天道恒久的道理,以此观察世上万事万物,就不会在变化的世界中无所遵循了,君子观此卦,能树立牢固的思想信念就是这个原理。《涣》卦卦象是下坎上巽,这种风行水上的现象,必然导致波涛汹涌的后果,象征人心涣散,这个时候就需要祭祀先祖以凝聚人心。英明的先祖是不倒的大旗,聪明的继位者不会为了树立自己的权威而轻易砍倒祖先大旗，因为树倒猢狲散，旗落人心失。《节》卦为什么是制止？这是因为“苦节不可贞”，是说过分节制是行不通的。“苦节”当止，这是《节》卦的卦内之意。《解》卦是解除险难。雷雨发生，天地舒解，受到雨露滋润的草木种子都破壳而出，这是破除桎梏的卦象。孔子认为，君主占得此卦就该大赦天下了。

“蹇，难也。睽，外也。家人，内也。”

《蹇》卦，因为是跛足，所以行走艰难、不会顺利。《睽》为违，如同两女同居一室，但性格志趣不相投，必然出现矛盾，一方从室内出局是理所当然的事情，所以孔子断《睽》为外。《家人》卦是利于女子守正，而女子正位在于家，家是内，所以孔子说《家人》卦是团聚在内。《家人》卦寓意着女内男外，男女正，乃人间正道的天地之大义。依孔子之解释，家道虽然是内，但道理通行于外，一家兴则一国兴，“正家而天下定矣”。

“否泰反其类，大壮则止，遁则退。”

《否》《泰》两卦为两极，如同阴阳鱼那样相互变化，这是不难理解的，有一个“否极泰来”的成语可以佐证。《大壮》卦中的止就不是《节》卦中的止了，它是盛世的警钟。阳刚之气盛壮，易恃强冒进，所以孔子说，“君子以非礼勿履”，止于非礼之举，不合乎礼制的事情不做。《遁》卦是退隐、离开之意。为什么离开？这应该是以退为进的一种策略。孔子认为君子占此卦以远小人，不恶而严，这是一种自我保护。不恶而严，恶是流露出憎恶之情，严是庄重严肃。对小人的讨厌不一定形于色，君子不重不威，庄重自然就会使小人望而却步。为了不与小人发生纠缠，躲避一下也无妨。

“大有，众也。同人，亲也。革，去故也。鼎取新也。”

《大有》卦，顾名思义就是大有成就。成就不是一人所为，所以是众人之力。《同人》卦，现在有一个“同仁”的词与其近似。与人亲近，协同共事是亨通的好事，但协同是不分亲疏的，只和本族内部的人亲近协同，搞小圈子，就不是什么好事了，所以有“同人于宗，吝”的说法。《革》卦是革新，革新就必然革去旧的东西，因而有“除旧”之说。孔子在此卦中举了汤武革命的例子，用“革之时大矣哉”表明了自己对革新的推崇。《鼎》卦是立新之意。立新的根本在于养贤，以鼎祭祀上帝，是为了表示忠诚，用鼎烹饪大量的食物供养圣贤，得到圣贤的佐助，立新便在其中了。孔子把立新的希望寄托在圣贤身上，其实就是寄托在当时的知识分子身上，这是一种难得的知识重于君王的思想。读《易》至此，谁还会说孔子保守呢？

“小过，过也。中孚，信也。丰，多故也。亲寡，旅也。”

《小过》之过不是过错之过，而是小有超过之意。此卦义为宜做小事而不宜做大事，如同“飞鸟遗之音，宜下不宜上”。这是因为飞鸟已经在空中凄惨地鸣叫，再往高处飞翔怎么会有利呢？所以要落下来才吉利。《中孚》卦是心怀诚信，孔子认为，一个人如果其诚信都能把猪和鱼感化了，那么他的诚信就足以系结天下人心。这是形象的说法，其实孔子之意在于说明诚信中孚的重要性。《丰》卦丰盛强大，如日中天，所以故友纷至沓来，判定“多故”。《旅》卦是人在旅途，客游他乡，亲朋能有几人同行？因此“亲寡”。孔子解释此卦大概融进了他自己周游列国，困于陈蔡的经历，使此卦充满了人情味。

“离上而坎下也。小畜，寡也。”

《离》卦是火往上烧，《坎》卦是水往下流，这两卦比较通俗。《小畜》则是积蓄不多，与《大畜》是量上的差别。

“履，不处也。需，不进也。讼，不亲也。”

《履》为跟从，跟从者只能按照前面的脚步走，因此难有自己的处所，孔子因此定为“不处”，是不能安居之意。《需》卦等待不前，不前的原因是调养生息，等待机遇。《讼》卦是诉讼，都对簿公堂打官司了，还哪里有亲情可言？所以“不亲”。

“大过，颠也。姤，遇也，柔遇刚也。”

《大过》是打破常规，所以叫颠倒常理，此处之过，不是过错之过，是超过之过。《大过》的卦象是湖泽淹没了树木，就像九寨沟湖水里的钙化木，这种现象是很令人琢磨的。常规也有度，就像栋梁不能弯曲一样，否则就凶险了。枯槁的杨树发了嫩芽，老头娶了个少女为妻，这虽然超乎常情，但还是无所不利的。枯老的杨树又开了花，老妇人得了个小伙子为夫，这样的事，不仅“何可久也”，而且“亦可丑也”。这种思想对中国几千年历史的影响是很大的，看看社会中大多数家庭的结构就明白了。《姤》是邂逅，男女偶然相遇，也许会擦出火花，但“女壮，勿用取女”，就是说这个女子太强壮，娶她就要谨慎了，掂量一下自己能不能驾驭得了。“天地相遇，品物咸章”就是这个道理，阴阳相和，万物才得以显现，阴盛阳衰，不合天道。

“渐，女归待男行也。颐，养正也。既济，定也。”

《渐》卦是循序渐进，如同女子出嫁之事，必须依礼而行，着急不得。女子稳坐家中，待男子来迎娶，如果自己着急跑了去，岂不令人耻笑？《颐》卦就是休养生息，少言养德，节制饮食以颐养身体。颐和园、颐年堂这样的建筑名字，大概就与此卦有关。颐养天年的老人一定不要唠叨，谨慎说话才能养德。《既济》卦代表的是成功以后，所以说“定”。此卦隐含的意思是穷尽，预示另一个开端将要来临。

“归妹，女之终也。未济，男之穷也。夬卦，决也，刚决柔也，君子道长，小人道忧也。”

《归妹》卦，意在女子出嫁终得归宿，所以称“女之终”。少女如果占得此卦，应该谈婚论嫁。《未济》卦令多少大丈夫唏嘘不止，因为此卦未济就是未完成、未终之意。大丈夫拼搏一世，壮志未酬，令人感慨。此卦虽然在形象上难看，所有阳爻、阴爻位置都不正，但是希望还在，因为变化在酝酿之中。《夬》卦义在决裂，表明君子之道伸张、小人之道困忧。孔子以此卦作为他《杂卦》的结尾是很让人回味的，说明不管天道如何循环，君子之道必定是通达正道，而小人之道也许鼓噪一时，但小人高居在上的局面最终不会长久。

如何看待景公问政

齐景公问政于孔子。孔子对曰:“君君、臣臣、父父、子子。”齐景公对此大加赞赏。那么,孔子回答的这八个字有什么深层含义呢?

回答这个问题,要搞清楚君君、臣臣、父父、子子指的是什么。这八个字用白话说出来就是君有君的样子、臣有臣的样子、父有父的样子、子有子的样子。在搞清楚这八个字的基本含义后,我们再看这八个字的排列,君在前,臣在后;父在前,子在后,一般来说,前面的是条件,后面的是结果,这样答案就出来了。一个国家里,君像君是臣像臣的前提,如果君不像君,臣子就很难安分守己了,君一定要给臣做榜样。同理,一个家庭中,父亲像父亲的样子,做儿子的自然潜移默化,受到熏陶,也就会儿子像儿子,尽儿子应有的孝道。反之,如果父亲行为失范,多有不良嗜好,儿子必然会耳濡目染,变得子不像子。孔子用国和家两个主次关系来阐述施政之道,是有其时代背景的,春秋时期,国是大家,家是小国,家国之说由此形成,孔子从宏观和微观两个方面来阐述施政之道,言简意赅地把要害说清了。

那么,孔子说的要害是什么呢?简单来说,就是一个字:礼。

《曲礼》中也有:“道德仁义,非礼不成,教训正俗,非礼不备。分争辩讼,非礼不决。君臣上下父子兄弟,非礼不定。宦学事师,非礼不亲。班朝治军,莅官行法,非礼威严不行。祷祠祭祀,供给鬼神,非礼不诚不庄。是以君子恭敬撙节退让以明礼。”《左传》中有:“夫礼,天之经也,地之义也,民之行也。”孔子在教育孩子时说:“不学礼,无以立。”看了这些文献后,我们就不难明白孔子所言的要害了,君臣父子四种关系的分与定,离不开礼。没有礼,就失去了君像君、臣像臣的标准。封建社会是个礼法社会,非礼、无礼、逾礼都是大忌,礼是人与人、人与社会、人与自然、人与神灵行为的必要规范。

“克己复礼”是孔子一生的梦想,他甚至用“克己复礼”来给自己的思想核心“仁”下定义。很不幸,孔子遇到了一个礼崩乐坏的时代,他在《论语》中说:“天下有道,则礼乐征伐自天子出;天下无道,则礼乐征伐自诸侯出。”春秋时期,恰恰“礼乐征伐自诸侯出”,这就是后来孟子说的“春秋无义战”。孔子周游列国十四年,从五十四岁,一直周游到六十八岁,但屡屡碰壁,政治抱负无法实现,只能回到故里,在古籍整理中度过余生。所以,孔子特别渴望出现一个秩序分明的社会局面,让君臣父子在人生的舞台上各自扮演好属于自己的角色,不僭越,不错位,不混淆,等级依次,礼乐清明。孔子虽然没有实现政治梦想,但他对礼的弘扬影响深远。他在鲁国国史的基础上编撰的《春秋》,体现出礼的精髓要义,把那些弑君、乱政、非义战的乱臣贼子一个个记录在册,供后人鞭挞,使后来的帝王臣子十分忌惮春秋笔法,唯恐在史册中留下千古骂名。正因为这种作用,孟子才有了“孔子作春秋,而乱臣贼子惧”的说法。可以说,孔子以另一种方式让礼发挥了法的震慑作用。

齐景公是个具有矛盾性格的国君,在位长达五十八年,一方面他宏图大志,能任用晏婴这样的名相治理国家;另一方面他贪图享乐,“好治宫室,聚狗马,奢侈,厚赋重刑”,用今天的话说,就是喜欢盖高楼大厦,养名狗名马,讲排场,对国民屡屡加税,施以重刑。这样一个国君自然不希望受到礼制约束,因此,虽然他认识到了孔子所言的正确性,也赞同孔子的礼制思想,但不会去付诸实施。齐景公首先想到的是自己,他是这样说的:“善哉!信如君不君,臣不臣,父不父,子不子,虽有粟,吾得而食诸?”意思是:“好极了!若是君不尽君道,臣不尽臣道,父不尽父道,子不尽子道,纵使有粮食,我哪里吃得到呀!”齐景公不顾礼制,废长立幼,死后儿子们争夺王位,最终导致齐国“断其嗣”,这不免让后人唏嘘。若当初景公把听进去的圣人之言付诸实践,齐国的历史必然被改写。

少正卯之死

在我的记忆里，鲁国大夫少正卯之死一直是孔子作为圣人的一个污点，一向以倡导仁义为先的孔子怎么会一上任就诛杀大夫呢？连宋代朱熹这位研究“四书五经”的权威人士都感到此事有损万世师表——孔夫子的形象，所以，他对此事提出了质疑，认为荀子所写的孔子诛少正卯的事是杜撰出来的，因为以孔子的思想和宽容，绝不会上任刚刚七天就杀大夫。朱熹的判断一下子引起尊孔者的共鸣，历史上对孔子是否杀少正卯的问题自宋代以后形成了两种观点，双方各执一词，一直论战到今天，仍然没有个结论。

翻阅史书，说孔子诛少正卯一事，最早出于《荀子》。在《宥坐》篇，原文如下：

> 孔子为鲁摄相，朝七日而诛少正卯。门人进问曰：“夫少正卯鲁之闻人也，夫子为政而始诛之，得无失乎？”孔子曰：“居！吾语女其故。人有恶者五，而盗窃不如焉：一曰心达而险；二曰行辟而坚；三曰言伪而辩；四曰记丑而博；五曰顺非而泽——此五者，有一于人，则不得免于君子之诛，而少正卯兼有之。故居处足以聚徒成群，言谈足饰邪

营众，强足以反是独立，此小人之桀雄也，不可不诛也。是以汤诛尹谐，文王诛潘止，周公诛管叔，太公诛华仕，管仲诛付里乙，子产诛邓析、史付，此七子者，皆异世同心，不可不诛也。《诗》曰：忧心悄悄，愠于群小。小人成群，斯足忧也。"

再就是司马迁在《孔子世家》中的一段记载，原文如下：

定公十四年，孔子年五十六，由大司寇行摄相事，有喜色。门人曰："闻君子祸至不惧，福至不喜。"孔子曰："有是言也。不曰'乐其以贵下人'乎？"于是诛鲁大夫乱政者少正卯。与闻国政三月，粥羊豚者弗饰贾；男女行者别于途；途不拾遗；四方之客至于邑者，不求有司，皆予之以归。

从以上两段文字来看，说孔子诛少正卯是杜撰出来的似乎有些牵强，因为这两段文字没有任何歧义，写得再清楚不过了，要否定它，没有确凿的证据是不行的，历史就是历史，不是推测，史有定论的事情，不是随意就能推翻的。

圣人并非无杀心

笔者认为，少正卯还是被孔子所杀，理由可以梳理出以下几个：

一是荀子和司马迁没有杜撰的理由。

荀子是继孟子之后出现的大儒，他生于公元前313年，卒于238年，这说明他与孟子还不是隔世之人。荀子治学严谨，能集各家之大成，这是他比较显著的一个特征，人们从他的文章中不难看出这一点。他对孔子的仰慕不亚于孟子，对儒学的许多观点肯定有加，比如他主张“隆礼”和“重法”，而“隆礼”，就是从儒家的思想衍变而来。“重法”虽然来自法家，但因为有了“隆礼”的思想，他的“重法”就多了一些中庸的味道。荀子虽然提出了“人定胜天”的思想，好像对孔孟“死生有命，富贵在天”的思想是一种批判，但是，这是对一个问题从不同角度审视的结果，因为孔孟所说的“命”和“天”也不是什么唯心的东西，是一种自然规律而已，这不能成为荀子反孔的证据。那么荀子为什么要杜撰一个孔子杀大夫的故事呢？而且还说得头头是道，要知道，荀子没有杜撰此事的主观动机呀，所以说荀子杜撰孔子杀少正卯是不可信的。

司马迁对历史的忠诚也是后人有口皆碑的，他出身史学世家，父亲司马谈就是汉武帝建元、元丰时期的太史令。司马谈学识渊博，他上晓天文，下知地理，谙熟历史，尤其对春秋战国以来诸子百家各个流派及其学说主张有着深入的研究，他曾经论述阴阳、儒、墨等“六家之要旨”。父亲这种治学之家风对司马迁产生了深刻的影响，他二十岁时，就开始在西北、中原、江南一带漫游。尤其对他十分钦佩的孔子，他在齐、鲁两地做过专门的研讨，他对“鲁世世相传以岁时奉祠孔子冢，而诸儒亦讲礼乡饮大射于孔子冢”“故所居堂弟子内，后世因庙藏孔子衣冠琴车书,至于汉二百年不绝。高皇帝过鲁,以太牢祠焉。诸侯卿相至,常先谒然后从政”这样的深入人心的影响感到惊叹不已。于是,这位史学家引用了《诗经》里的句子来评价孔子,“高山仰止,景行行止”是说孔子“像高山一般令人瞻仰,像大道一般让人遵循”。所以,司马迁在孔子故居前,怀着崇敬的心情徘徊留恋,久久不愿离去。这对于崇尚黄老之学的司马迁是多么不易的事啊,说明他完全被孔子这位哲人征服了。在这样一种心境下,司马迁写《孔子世家》,是不会凭空杜撰什么的,尤其是诛杀大夫少正卯这样的大事。

二是孔子完全有杀少正卯的理由。

孔子杀少正卯,申明了五条理由。现在看来,这似乎都是些无法定罪的事情,但在当时,情形就不一样了。少正卯如果是一介草民,那么孔子的屠刀就过于残暴了,因为平民办个私塾,讲讲邹衍那样的一些天外之事,于国于民都没有大的影响。但少正卯不行,少正卯是鲁之大夫,是官员,少正是官名,即亚卿,用现在的官职比较,就相当于一个管理事务部门的副部长。少正卯既是官员,又是“鲁之闻人”,说明他的社会影响力非同一般。这就出现问题了,既然是国家官员,就该为国家服务,诸子百家虽然学说各异,但在谋求强国富民加强统治方面都是一致的。而少正卯却不是这样,他的问题:第一,心达而险。这里的“达”并非通达的意思,郑玄注:“达,谓其形微大也。”朱熹集传:“达,放恣也。”可见,“达”在这里可以通“大”,是心思放恣的意思。心达而险,就是包藏祸心、心怀叵测。这里,孔子主要是强调思想方面的原因。一个人，什么坏事都敢想，这是一件非常危害社会的事，这种对国家有贰心的官员留之何益？第二，行辟而坚。辟，不是正路；坚，是顽固坚持，不肯悔改。一个官员一贯走邪路，而且立场毫不动摇，他所产生的影响就不是一个人的事了。试想，哪一个政权能允许这样的官吏存在？第三，言伪而辩。明明是满嘴假话，却一肚子理由，这是很能惑众的，把假话说得像真的一样，对于一个官吏来说，是最恶劣的政治品德，有了这套伎俩，就能欺上瞒下，中饱私欲。第四，记丑而博。学识全都是搜集来的一些丑恶的东西，这种所谓博学就是孔子所说的"攻乎异端"，其实这是一个世界观的问题，对社会不能客观地审视，只知道拿着放大镜找疤痕，找社会的阴暗面进而大肆宣传，以达到个人的政治目的。这样的人对社会是有害的，因为他破坏了秩序，煽动了人与人之间的仇恨，酿成了社会的不安定因素。第五，顺非而泽。非，当然是邪恶的事情；"顺非"，就是顺从邪恶之事；泽，是文饰、掩饰的意思，顺从邪恶之事已经是官员的失职、渎职了，不但不改正，而且还帮助制造邪恶的人进行掩饰，这性质就变了，就由帮凶变成了主谋。这样"顺非而泽"、倒行逆施的行为怎么能不被消灭？

所以，孔子这五条理由一说，少正卯就难逃一死。

孔子所列的五条死罪其实并不是孔子本人的发明创造，其中至少有四条是《礼记》中做了明确规定的。《礼记·王制》中明文写着："行伪而坚，言伪而辩，学非而博，顺非而泽，以惑众，杀。"孔子作为极毕生之力倡导《周礼》的人，依《礼》而司法，是情理之中的。如果不杀少正卯，孔子就是一个言行不能一致的司寇，其人格倒是令人怀疑了。

三是孔子在杀少正卯之前已经有杀人之举。

鲁定公十年（前500年）的春天，鲁国和齐国和解。到了夏天，齐国大夫黎锄对景公说："鲁国启用了孔丘，势必危及齐国。"于是齐景公就派使者告诉鲁国人，说要与鲁定公举行友好会晤，约定会晤的地点在夹谷。鲁定公毫无戒备地准备前往，孔子说："我听说办理外交必须有武装准备，办理武事也必须有外交配合。从前诸侯出了自己的疆界，一定要带齐必要的官员随从，因此请求你安排左右司马一起去。"定公说："好的。"就带了左右司马一道去。定公和齐侯会晤时，齐国管事的官员快步向前请示说："请开始演奏四方各族的舞乐。"齐景公说："好的。"于是齐国的乐队以旄旗为先导，有的头戴羽冠，身披皮衣，有的手执矛、戟、剑、盾等武器也跟着上台了，喧闹着一拥而上。这多少有点项庄舞剑的意味。孔子见状，急忙跑过来说："我们两国国君为和好而来会晤，为什么在这里演奏夷狄的舞乐？请命令管事的官员叫他们下去！"管事的官员下令叫乐队撤下，但乐队却不肯退，左右看看晏婴与齐景公的眼色。景公心里惭愧，摆摆手叫乐队退下了。过了一会儿，管事的官员又来说要演奏宫中的乐曲。接着就有"优倡侏儒为戏而前"。孔子又上前说："匹夫而营惑诸侯者罪当诛！请命有司！"就这样，一批表演歌舞杂技的艺人和侏儒成了刀下之鬼，按当时的法律被腰斩，手足异处。

这是有据可考的一段史事。如果没有孔子依天子和诸侯的法律办事，这些可怜的“优倡侏儒”哪里会遭到手足异处的厄运？齐景公对此“知义不若，归而大恐”，他对群臣说：“鲁以君子之道辅其君，而子独以夷狄之道教寡人，使得罪于鲁君，为之奈何?”由这件事情看开去，孔子诛少正卯就是顺理成章的事情了。

孔子之仁非妇人之仁

对孔子诛少正卯一事提出置疑的人，主要是对孔子的仁政观点的理解出了问题，他们把孔夫子想象成是一个敦厚仁义、不温不火的老人。这是不正确的，孔子倡导仁，把仁作为其学说的核心内容，这是事实，但孔子所倡导之仁在政治上不是那么温良恭俭让了，他希望的是一种有令则行、有禁则止的严政。

孔子认为：“政，正也，子帅以正，孰敢不正?”这是孔子在回答季康子问政时的话。这里的正是端正，端正就像宫廷里高悬的金匾上“正大光明”四字一样，是堂堂正正的，公堂上是不允许有恻隐之心的，否则，何谈端正？孔子深知为政在于执政者表率作用的道理，所以提出一个“子帅以正，孰敢不正”的问题。

孔子之仁是建立在“道”的基础上的，符合道，则仁者无敌；偏离道，就无仁可讲。因此，孔子的仁不是泛仁，是有条件和前提的。至于后来项羽所行的“妇人之仁”，与孔子所讲的仁是不能同日而语的。

所谓妇人之仁，语出《史记·淮阴侯列传》，韩信这样评价项王:“项王见人恭敬慈爱,言语呕呕,人有疾病,涕泣分食饮,至使人有功当封爵者,印刓敝,忍不能予,此所谓妇人之仁也。”这段话的意思是说:项王待人恭敬慈爱,言语温和,有生病的人,心痛地流泪,将自己的饮食分给他;等到有人立了战功,该加封进爵时,把刻好的官印在手里把玩得失去了棱角,也舍不得给人,这就是所说的妇人的仁慈啊。韩信为什么这样来评价项羽呢?细读这段文字就发现了言外之意。待人慈爱、说话和气、给病人吃小灶,这都不是错的,是应该充分肯定的举动,问题出在后面的话上,将军有了战功,理应论功行赏,但项王不这样做,把应该给的大印在手里都玩旧了,也舍不得给有战功的将士,这是问题的关键。其实,前面的都是些小事,属于原则的事情恰恰是封爵这样的大事。按理说,论功行赏,这是在打仗之前都公告三军的,仗打完了却迟迟不兑现奖励,这哪里是孔子所言之仁?韩信用妇人之仁来评价项羽是再准确不过的了。

孔子对一个人是否具备仁的标准,用四个字来说明:刚、毅、木、讷,就是刚强、果断、质朴、言语谨慎。上任七天,做出诛杀少正卯的决定,不能不说果断;不为舆论所惑,敢于坚持自己的观点,对少正卯定斩不饶,不能不说刚强果断。孔子之仁与项羽的妇人之仁相比,可谓泾渭分明。

孔子虽然主张宽厚敦仁,但在原则问题上他从不含糊。《论语》中有这样一段记载,就证明了孔子这一点。

陈成子弑简公。孔子沐浴而朝,告于哀公曰:“陈恒弑其君，请讨之。”公曰：“告夫三子。”孔子曰：“以吾从大夫之后，不敢不告也。君曰‘告夫三子’者！”之三子告，不可。孔子曰：“以吾从大夫之后，不敢不告也。”

这段文字译成白话是这样的：齐国大夫陈成子杀了齐简公（属于臣弑君）。孔子沐浴斋戒后去上朝，报告鲁哀公说：“陈恒杀了他的君主，请求您出兵讨伐他。”鲁哀公说：“你去告诉季孙、仲孙、孟孙三位大臣吧。”孔子退朝后说：我曾忝列大夫之官，不敢不报告。君主却说去告诉那三位。于是，孔子又到三位大夫那里去报告，三位大夫不同意。孔子说：我曾忝列大夫之官，不敢不来报告。

下犯上，臣弑君，是大逆不道的罪行，以周之法律，诸侯要进行讨伐。这事本来与孔子关系不大，但孔子对此事非常认真，他特意沐浴斋戒，郑重其事地去向鲁哀公报告，请求出兵讨伐。虽然鲁哀公和三大夫都对此事不感兴趣，结果也没有派兵讨伐，但孔子认为自己曾“从大夫之后”，有责任向君主报告。这件事情说明了孔子身上两个显著的特点：一是孔子敢于坚持自己的意见，敢于直言；二是孔子爱憎分明，一切依礼制行事，充满责任意识。从这两点看，孔子诛杀少正卯就不难理解了。既然孔子能够为了维护礼制而不惜动兵出国打仗，那么杀掉一个依周礼早就该判死刑的少正卯就不足为怪了。

是可忍，孰不可忍

孔子在谈到季氏时，对他用六十四人的乐队舞队在自家庭院里表演感到非常震怒。于是他说了“是可忍，孰不可忍”这句名言。

一个家宴中的歌舞表演为什么令孔子大动肝火呢？原来这里有个违反政治纪律的问题。周礼规定：天子才能用六十四人的乐队舞队，叫八佾。一佾为八人，这样由八八六十四人组成一个方阵进行表演。这种规定已成定制，而且这种定制规范了包括天子在内的种种仪仗，不像现在，为了排场，搞的广场表演动辄上千人。而诸侯的仪仗就低一个档次，最多用六佾，就是四十八人。大夫只能用四佾，就是三十二人。季氏在家里搞“八佾舞于庭”，孔子从这种舞蹈表演中看出了舞蹈后面季氏的狼子野心。所以孔子断言，季氏连这样的事情都可以做出，还有什么事情做不出来呢？这里的“忍”，不是忍让的忍，而是忍心的意思。

孔子的观察是准确的，季氏即当时鲁国的三权臣之一季孙。鲁国当时的国君鲁哀公其实很可怜，他的国家里有仲孙、叔孙、季孙三大家族，把国家都操纵在手里，什么大事都需要他们同意才能行得通，连国君也奈何不了他们。当时周天子的国乐叫《雍》，类似现在的国歌，《雍》不是随便场合能演唱的，只有天子出席的祭祀场面，才能很庄重严肃地演唱它。但是，鲁国的三权臣在自己家里祭祖撤除祭品时，竟然演唱《雍》，孔子的担心果然变成了现实。后来,季氏去泰山祭祀,其野心就更加昭然若揭了。孔子那个时代,泰山象征天意,所以有天子封禅一说,大夫去泰山祭祀显然不合礼制,因为只有天子才能秉持天意,你一个大夫,去泰山祭祀,用心不是很明显吗?这样的事情,别人不在意,但孔子在意,因为孔子毕生都在维护礼制的严肃性。

有人说孔子是出于对同样办私学的少正卯的嫉妒才杀了他,这可是冤死了孔夫子。少正卯办学和孔子虽然对街竞争,但他与孔子不是一个重量级的。孔子在出道之前,已有一定的知名度。鲁国大夫孟厘子在临终前就嘱咐儿子要向孔子学习,他认为孔子必成“达者”。那个时候孔子才十七岁。如果说孔子有私仇应该杀的是季氏家臣阳虎,但孔子并不是个官报私仇的小人,他杀少正卯是因为少正卯违反了政治纪律,是为了鲁国的长治久安,因为以孔子的礼制标准来看,少正卯是个不折不扣的“乱政者”。

当然,孔子绝不是一个动辄起杀心的人,他的人格当中,爱心是占有很大比重的,有些时候还像个老小孩一样充满天真气。孔子的弟子颜渊去世,孔子悲痛欲绝,大呼:“天丧予!”他为了在卫国能实现自己的施政理想,不惜忍受别人的误解去拜见帷幕后的卫夫人。所以,孔子有刚毅、果断的一面,也有质朴、憨厚的一面,诛杀少政卯,使他的人格特点更加立体,也正是这样,孔子才不失为一个有血有肉、充满魅力的圣人。

圣人不吃眼前亏

很多人都以为孔子是个很迂腐的老头儿,办事认死理。这实在是对这位圣人的误解,从孔子能够具体问题具体对待的许多事情来看,孔子是一个非常讲究策略的人,是一个从来不吃眼前亏的人。

有两件事情可以看出孔子的这种智慧。

第一件是孔子在陈蔡遇险一事。

孔子周游列国时,要从陈国到卫国去,路过蒲地时,恰巧遭遇公叔氏在蒲地反叛卫国。公叔氏扣留孔子一行,不让他们到卫国去,形势非常危急。这时,跟随孔子的弟子公良儒,表示出誓死战斗的决心。公良儒身材高大,孔武有力,又具有仁德。他与蒲人搏斗十分激烈,蒲人害怕了,就对孔子说:如果你不到卫国去,我们就放你走。孔子与蒲人签订了协议,表示不到卫国去,于是蒲人放孔子一行从东门出去了。孔子一行脱险后,并没有履约不去卫国,而是一路直奔卫国,见到了卫灵公。弟子子贡对孔子这种违约行为质疑,孔子说:“要盟也,神不听。”什么意思呢?就是说:要挟之下订立的盟约,神是不会认可的。

第二件是孔子在鲁离职一事。

鲁定公十四年,五十六岁的孔子由大司寇代理国相职务,任职三个月，鲁国的政局就有了很大的改观。其邻国齐国听到这个消息后害怕了，他们认为“孔子为政必霸”，就是说如果孔子这么治理鲁国，鲁国一定会称霸。而鲁国称霸，作为它的邻国齐国，就必然被吞并。于是，齐国准备送一些国土给鲁国，意欲和鲁国拉关系、套近乎。齐国有个叫黎锄的大臣建议说，我们先试着阻止一下他们，如果阻止不成，我们再割地也不迟。黎锄所谓的阻止就是挑选八十个美女，让她们穿上华丽的衣裳，教她们学会跳《康乐》的舞蹈，再选许多好马一并送给鲁国。其目的当然是让鲁国国君和执政的季桓子整日沉湎于女色歌舞，从而荒于国政。齐国的美人计果然奏效，先是季桓子偷偷摸摸自己去驻扎在鲁城南门外的美女处打探了三次，然后又让鲁君以下乡视察为名，乘机整天到南门外寻欢作乐，国家的政事因此而懈怠。在这种情况下，孔子选择了离职而去。在离开鲁国时，有个叫师己的乐师来为他送行，对他说：先生您没有过错。孔子没有正面回答师己的话，而是道：我唱首歌好不好？于是唱道：“彼妇之口，可以出走；彼妇之谒，可以死败。善优哉游哉，维以卒岁！”孔子这首歌的大意是：那些妇人的口，可以让贤臣出走；和那些妇人亲近，可以让人败事亡身。还是优哉游哉好啊，这样可以安度岁月。

无须举更多的例子，从这两件事情的处理上，可以看出孔子的策略水平。从第一件事情看：如果孔子抱着死理不妥协，不和蒲人签订盟约，那么尽管弟子中有能打敢拼的公良儒，其结果也只能是鱼死网破。所谓识时务者为俊杰就是这个道理。

要挟之下的盟约是不平等盟约，用现在的话讲是无效合同，没有必要被这样一张废纸捆住自己的手脚，因此，孔子脱离蒲地后没作任何犹豫就去了卫国。如果没有这种斗争策略，很难说会有一个什么样的结果。从第二件事情看，如果孔子不采取离职而去的做法，那么结果有三：一是说服了鲁君，退了齐国的美女良马；二是因为直言得罪鲁君和季桓子，惹来杀身之祸；三是鲁君一方面接受美女良马，一方面仍由孔子来管理政事。这三种结果孔子不可能不做分析。第一种结果几乎不可能出现，因为孔子自己都承认："我未见好德如好色者也。"鲁君既然对齐国的美女动了心，孔子就很难劝阻。第二种结果也不是不可能出现，如果孔子一味地进谏，惹怒了鲁君和季桓子，丢官事小，没了性命也是可能的，比干之死孔子不会不知。第三种结果即使能出现，也与孔子的理想相悖，孔子绝不会那样去苟活，因为孔子一直都在践行周礼，这种与礼制思想相抵触的现实他不可能认同，所以，孔子只能选择出走。孔子的这种选择也说明了他的智慧，使他从两难的境地中得以解脱出来，脱离了君臣之间的是是非非。

圣人非完人

人们喜欢说这样一句话：人非圣贤，孰能无过？这话反推一下就是说，圣贤是不会犯错误的。其实，圣贤也是人，也会有过失。有着圣人之称的孔子，一生中也有许多瑕疵，但这些瑕疵并没有影响这位哲人的光辉，正如子贡所说的那样，“君子之过也，如日月之食焉，过也，人皆见之；更也，人皆仰之”。就是说，君子的过失好比日食月食，错误的时候，每个人都看得见，改正的时候，每个人都仰望着。

关于孔子一生中可以成为弱点的事情，不妨列举几个：

孔子做不到不计前嫌

孔子一生有个死对头，这就是阳虎。阳虎，又名阳货，生卒之年无从考定，仅知他与孔子是同时代（春秋时期）的鲁国人氏，且年龄略长于孔子。有趣的是，阳虎与孔子俩人长得还极像。按《史记》上的说法，“孔子状类阳虎”，以至于在匡地时，匡人误以为孔子就是祸害过他们的阳虎，使孔子及其弟子们差一点遇害于匡。阳虎与孔子交恶在于他侮辱孔子。这个故事发生在公元前535年。一次，鲁国季氏宴请士一级人士，孔子亦欣然前往。但到了季氏家门口，时为季氏家臣的阳虎却不让他进去，并对孔子说："季氏飨士，非敢飨子也。"孔子被拒之门外，极大地伤了自尊，只得悻悻而返。时年，孔子十七岁。阳虎之所言所行，无疑给这位少年的心灵带来了极大的伤害。其实，这件事情也不能全怪阳虎，他不过是照规矩办事罢了。但"非敢飨子也"一句中之"敢"字，在语气上确有浓厚的轻蔑色彩。后人以此作为孔子"见辱于阳虎"的证据。《孔子家语》对此事也有记载："孔子有母之丧，既练，阳虎吊焉，私于孔子曰：'今季氏大飨境内之士，子闻诸？'孔子答曰：'丘弗闻也。若闻之，虽在衰绖，亦欲與？'阳虎曰：'子谓不然乎，季氏飨士，不及子也。'"

如果《孔子家语》所记事件属实，那么这里就有一个问题值得研究。在鲁国炙手可热的阳虎为什么要屈尊给一个十七岁的少年的母亲吊孝？孔子无权无钱，尚没就业，就如同现在的待业青年一样。阳虎既然来吊孝，至少说明两点：一是阳虎是个很讲究礼数的人，大夫之妻亡故，他来依礼办事。二是他发现了孔子是个人才，对孔子很重视，想通过这一举动和孔子结交。从这两点都得不出阳虎要羞辱孔子的结论。那么他将孔子拒之门外，很可能是按主人所列名单来接待客人罢了，作为家臣，他不可能放一个没有请柬的人进去赴宴，所以以这件事来指责阳虎是不公平的。

但青年时期的这次闭门羹，孔子一生都没有忘记，他对阳虎始终是耿耿于怀。《论语·阳货》中记载："阳虎欲见孔子，孔子不见，归孔子豚。孔子时其亡也，而往拜之，遇诸涂。谓孔子曰：'来！予与尔言。'曰：'怀其宝而迷其邦，可谓仁乎？'曰：'不可。'‘好从事而亟失时,可谓知乎?'曰:‘不可。'‘日月逝矣,岁不我与。'孔子曰:‘诺,吾将仕矣。'”这段话很好懂,就是说:阳虎欲见孔子,孔子不见,阳虎就使了一计,给孔子送了一头烤乳猪,孔子趁阳虎不在家的时候,到阳虎处答谢,没想到在半路上遇到了阳虎。阳虎说:你过来,我与你有话说。阳虎说:自己有一身的治国之策,而任凭国家的事情糊里糊涂,这样可以叫作仁爱吗?当然不可以。一个人喜欢做官,却屡屡错过机会,这可以叫作聪明吗?当然不可以。岁月流逝,时不我待啊。孔子被阳虎说得理亏,只好说:那好吧,我打算出来做官了。

有的学者认为这是阳虎在戏弄孔子,其目的也是在出孔子的洋相。其实,此时的孔子已经不是十七岁被阳虎拒之门外的小青年了,这个时候的他已经四十有七,在社会上有了很大的名气,而阳虎作为把持季氏(实际掌握鲁国政治的大夫)权柄的人物,让孔子出来做事也是完全可能的。孔子对阳虎避之唯恐不及,其中还是前嫌作怪,成见难消。当然,阳虎后来出逃晋国,使孔子出来做官的事不了了之,但这件事情至少说明了孔子的爱憎也会影响到他的理智。

在政治上对女性不够公允

孔子轻视女性,这是被后人夸大的事情,但孔子对女性不够公允这是有据可查的。这种不公允,主要表现在政治上,也就是说,孔子很反对女人参政。他当年怀着矛盾心理去见南子时,对南子影响国政的行为就不敢恭维。抛开政治,对女性在其他方面,孔子还是能体现出应有的仁爱的。因为孔子是由母亲含辛茹苦抚养成人的,在他的心目中,对女性不能没有敬意。但孔子在政治问题上对女性另眼相看。《论语·泰伯》有这样的记载,武王曰:“予有乱臣十人。”孔子曰:“才难,不其然乎?唐虞之际,於斯为盛。有妇人焉,九人而已……”这里,武王所说的乱臣,是指能治乱的贤臣。孔子说的话,就明显表现出对女性从政的反对。他说:人才难得,不是这样吗?唐尧和虞舜之间以及周武王说那话的时候,人才最兴盛。然而。武王的十位人才中还有一位妇人,实际上只有九位罢了。孔子说的不算数的这位女性,有人说是文王之妻太姒,也有人说是武王之妻邑姜。不论孔子指的是谁,他对女性参政的反对立场已经很明确了。

孔子还有一句名言:“唯女子与小人为难养也。”这也成为他对女性不敬的理由。当然,对此话的解释是仁者见仁,智者见智,但不管怎么说,孔子把女人和小人相提并论,这让许多人在思想感情上难以接受。

堕三都的失败

所谓“三都”,是指鲁国当时实际控制国政的三桓季孙氏、孟孙氏、叔孙氏的私人城堡。三桓是鲁桓公三个儿子的后裔,季孙氏任司徒,叔孙氏任司马,孟孙氏任司空,其中,季氏势力最大,掌握鲁国国政。三桓都住在曲阜,但在各自的领地都有城堡,季孙氏的城堡在费邑,叔孙氏的城堡在郈邑,孟孙氏的城堡在成邑。这三个城堡都被三桓的家臣把持，家臣们甚至据此不孝忠主人。时任鲁国“大司寇行摄相事”的孔子看到了三桓和家臣之间的矛盾，便策划利用这一矛盾来拆毁三都。孔子此举，名义上是“贬家臣”，实际目的是“抑三卿”，就是想让三卿守臣道，不僭越。因为提倡“忠君尊王”之道的孔子，不希望鲁定公一直处于一种傀儡的地位，他要“强公室”，提高鲁定公的统治权力。

堕三都，开始比较顺利，孔子利用三桓还没有醒悟的机会，先拆掉了叔孙氏的郈邑。拆季孙氏的费邑时，却遇到了麻烦，费宰公山不狃领兵抵抗，并带兵攻打曲阜。好在孔子及早做好了应对的准备，他指挥兵力反击，打败了公山不狃，拆掉了费邑。等到拆孟孙氏的成邑时，这一谋划便进行不下去了。因为孟孙氏和家臣没有什么矛盾，孟孙氏阳奉阴违，表面支持堕都，暗中却抵制反抗，堕都之事从夏拖到冬，连国君定公亲自出马，成邑也没有拆掉。这件事使孔子的执政受到了打击，叔孙氏、季孙氏也开始醒悟，他们看出了孔子堕三都的真实用意，后悔稀里糊涂地拆了自己的城堡。于是，孔子和三桓的矛盾公开了，孔子无法再干下去了，只好选择了辞官离鲁。

堕三都的失利在于孔子操之过急。他过于低估了三桓的能力，才得到定公、季孙氏三个月的信任，尚未羽翼丰满就操作这种根本性的改革，结果只能以失败告终。这犹如清末的“戊戌变法”一样，在缺乏基础保证的情况下，进行伤筋动骨的变法，结果白白葬送了六君子的性命。如果孔子不急于堕三都，那么他在鲁国就会继续“行摄相事”，鲁国在有序的治理之下，就会如同齐人所惧怕的那样“孔子为政必霸”，到那个时候，水到渠成，三都不毁不堕。

圣人面前人人平等

研究孔子，不能不研究孔子的学生。孔子一生，弟子颇多，数量大概有三千之多，其中历史上有记载的就有七十二人，被后人称为七十二贤人，这就是司马迁所说的“弟子盖三千焉，身通六艺者七十有二人”。

分析一下孔子弟子的构成，我们就会发现：孔子的确做到了“有教无类”。在他的面前，不论贫富、不论贵贱，都是一视同仁的学生，每个人都有受教育的权利。因此，在孔子的私塾里，没有因为学费问题而辍学的，只要你是为了求知而来，孔子的家门永远是敞开的。

教书育人不为钱。

颜回，鲁国人，字子渊，是个家庭十分贫困的弟子，居所简陋，饮食简单，二十九岁的时候就头发全白。孔子没有瞧不起这个比自己小三十岁的穷学生，而是对他倾注了满腔师情，加以教育引导，使他成为一个有仁德的人。和颜回一样贫穷的还有仲弓，其父是“贱人”，家“无置锥之地”。原宪更是寒酸，《庄子·让王》记载：“居鲁，环堵之室，茨以生草；蓬户不完，桑以为枢；而瓮牖二室，褐以为塞；上漏下湿，匡坐而歌。”意思是说原宪在鲁国居住的是茅草苫盖的方丈小屋，门户是蓬蒿编的，而且还不完整，户枢是用桑树条做的，窗户是用破瓮做的，以粗布隔了两间，屋顶漏雨，地下潮湿，他却端坐而弦歌。弟子曾参也非常穷，他絮衣烂衫，面部浮肿，手足生出老茧，三天不煮饭，十年不添置新衣。

孔子接收学生门槛极低，他说："自行束脩以上，吾未尝无诲焉。"所谓"束脩"，就是十束肉脯，在当时是菲薄的见面礼，是象征性的学费。以孔子的名气，如果来个狮子大开口，以教学为名借机敛财，他完全可以成为天下第一富豪。果真如此，历史上将少了一个圣人，多了一个财主。

和孔子的做法比起来，我们今天某些学校就过于注重经济效益了，办学的质量不怎么样，学费却高得吓人，许多贫困人家的弟子就是被这人民币垒高的门槛挡在了大学门外。如果颜回、原宪等人在当下求学，他们是不是有机会得到孔子这样名师的指点？因为当下稍有名气的教授已经很少出现在本科生的课堂了。市场经济的法则固然可以理解，但是教育的本质更是不能忽视的问题。孔子如果在天有灵，他对自己"有教无类"的观点被"有教有类"所取代也会感到很无奈。

言貌皆不可取人。

澹台灭明，字子羽，孔子曾恶其貌丑，认为其资质太低，且举动也十分令人讨厌。子羽来求学，孔子没有因为这些原因将他拒之门外，而是接纳了这个学生。在孔子的调教之下，子羽终于成才。他遵照孔子的教导去实践，在长江一带游历，颇有建树，体现出公正无私的君子之才，追随他的弟子达到三百人，其声誉传遍了四方诸侯。

和孔子的识人相比，今人一个比较普遍的现象是在选人用人上太注重表面的东西。看看报纸上常有的招聘启事，哪一家公司不是在五官、身材上要求苛刻？身材好，形象佳，已经成为流行的招聘用语。宰予是孔子的弟子，他口齿伶俐，擅长辞辩，但他不是个有仁德的人，孔子有一句名言，“朽木不可雕也，粪土之墙不可圬也”就是针对他说的。孔子在比较了宰予和澹台灭明之后，很有感触地说：“吾以言取人，失之宰予；以貌取人，失之子羽。”意思是说：我如果只凭言辞判断人，对宰予的判断就错了；单从相貌上判断人，对子羽的判断就错了。由此可见，孔子是不以言辞和相貌取人的，孔子对人是靠自己的观察和分析来做出判断的。

小人也要得而教之。

前面提到的宰予，是一个能说会道的人。按理说，孔子在发现宰予不能为父母守孝三年之后，完全可以不要这个弟子，将其逐出师门。但孔子没有这样做，孔子的理由很简单，教育的责任就是使人懂礼明德，用现在的话说，就是要提高人的素质。既然是这样，那么通过教育来转化所谓的小人就是理所应当的事情。如果把这些低素质的小人都拒之门外，教育固然轻松了，但社会的负担重了。宰予后来到齐国临淄做大夫，和田常同谋作乱，因此遭灭族之祸，孔子为其羞耻，也为其遗憾。

针对孔子门下鱼龙混杂的情况，南郭惠子曾经发出过“夫子之门何其杂也”的疑问。对此，孔子的弟子子贡回答得非常好。子贡说:君子端正品行以等待四方之士,而且一定要做到来者不拒,正如良医之门多病人一样。所以夫子门下的人品十分复杂,各种各样的人物都有。从孔子高尚的教育精神来看:名师未必都要收高徒,如果能把一个无恶不作的小人教育成一个懂礼守法的好公民,则更能体现出名师之道。

圣人也会玩

一般来说，有圣人之称的孔子，应该正襟危坐，板着面孔，不苟言笑。如果这么看就错了，孔子不但不是一副冷面孔，而且很好玩。很多人对此不认同，圣人怎么好玩呢？有时间还不抓紧读书写作，怎么能在玩上浪费时间？也难怪，因为几千年来，尊孔者一直在神化孔子，导致这个可爱的老人被蒙上了一层薄雾冷霜，失去了体温。

事实上，孔子不仅好玩，而且玩得很专业，也就是说很会玩。史料记载，“孔子为儿嬉戏，常陈俎豆，设礼容”，是说孔子孩童时喜欢做游戏，经常陈列俎豆各种礼器，演习礼仪动作。孔子这种玩法，其实就是今天小孩子玩“过家家”的游戏，是对未来生活的一种模拟学习。很多地方小孩子玩一种“虫克棒，棒打虎，虎吃鸡，鸡啄虫”的游戏，就是让孩子尽早懂得五行原理。所以说，玩，是一种学习方式。孔子摆弄祭祀俎豆，这在当时是最高雅的游戏了，因为祭祀是家国头等大事，而主持祭祀的人一定都是有威望的大夫。

长大后，孔子喜欢射箭，而且水平很高，拥有众多粉丝。《礼记·射义》里有这样一个故事，孔子带弟子前来习射，曲阜城内男女老少很多人都会暂时放下手头上的事情，赶到靶场看热闹。有一天，蜂拥而至的观众人数实在是太多了，大家挤成一团，孔子见状，把弟子子路叫来嘱咐一番。领会意图的子路走到人群前面说：我们今天跟老师习射，当与众乡里和士大夫同乐。无奈今天来的观众太多，现在提个要求：败军之将，守土失职的大夫，还有做过违背伦常、愧对祖先之事的后生，请回吧！那些恪守孝道、正身修行、知礼好学的人可以留下，其他人请自觉退后！子路话音一落，众人顿时走的走，留的留；留下来的也都该靠前的靠前，该靠后的靠后。大家自觉排列成行，看上去就好像是一面人墙。这便是《礼记·射义》所谓“观者如堵”典故的由来。

孔子还是个音乐迷，尤其迷恋弹琴和唱歌，兴之所至都爱唱歌。所以汉代的刘向说，“夫子不歌者则哭，不哭者则歌”。《史记·孔子世家》记载：孔子学鼓琴师襄子，十日不进。师襄子曰：“可以益矣。”孔子曰：“丘已习其曲矣，未得其数也。”有间，曰：“已习其数，可以益矣。”孔子曰：“丘未得其志也。”有间，曰：“已习其志，可以益矣。”孔子曰：“丘未得其为人也。”有间，有所穆然深思焉，有所怡然高望而远志焉。曰：“丘得其为人，黯然而黑，几然而长，眼如望羊，如王四国，非文王其谁能为此也！”师襄子辟席再拜，曰：“师盖云《文王操》也。”可见孔子对学琴有多么投入，在琴声中文王的模样都浮现在他脑中了。当了私塾先生后，孔子热衷春游，到泗水和沂水之滨玩耍。学生子贡曾问孔子：“君子见大水必观焉，何也？”孔子曰：“夫水者，启子比德焉。遍予而无私，似德；所及者生，似仁；其流卑下，句倨皆循其理，似义；浅者流行，深者不测，似智；其赴百仞之谷不疑，似勇；绵弱而微达，似察；受恶不让，似包；蒙不清以入，鲜洁以出，似善化；至量必平，似正；盈不求概，似度；其万折必东，似意。是以君子见大水必观焉尔也。”孔子把为什么观水说得很清楚，并且上升到了道德修养的层面。孔子甚至还带着弟子们去吕梁山玩耍，通过一个游泳的人来教育学生要顺势而为。

孔子好玩，有两个方面原因，一个是从大自然中获取和验证所学的知识；另一个就是愉悦生活，是情趣所致。

从本质上讲，玩是一种不带目的的游戏，人和动物都具有这种天性，动物通过相互玩耍学会猎食和搏斗的本领，人也是如此，童年的玩耍对人的成长起着十分重要的作用。

一个不好玩的人是无趣之人，一个无趣之人半点也不可爱。无趣之人寡淡，无聊，坐在那里是别人的累赘，走在一起是同伴的负担，和这样的人怎么快乐相处？无趣之人是不会玩的，任大千世界多么精彩，他却总是无动于衷，每天都是重复一样的话，做雷同的事，就像工业流水线上的机器人，你不能指望他会微笑、幽默和调侃。所以王蒙先生说，宁做一个恶人，也不做一个无趣的男人。

孔子晚年喜欢《易》，常常拿着耆草把玩。因为孔子不迷信，正如庄子所说，“六合之外，圣人存而不论”，更遑论怪力乱神，在意这些东西纯粹是浪费时间。但是当他得到《易》，因为这是一部奇书，该书又与他所崇拜的周公有所关联，他自然就会迷上《易》。《易》毕竟是卦书，研究它，按照孔子所学必“习”

的态度自然要演练一番。据说孔子曾占到过“贲卦”和“旅卦”，《论语》和众弟子言论中也没有更多关于孔子占卜的记载，这说明孔子很清楚凡事要有度，不能沉溺其中，因为有许多“非命”的因素存在。

孔子虽好玩，但所玩之物有选择，不利学习和修齐治平的事物，他不会去玩。当时，齐国给鲁国送来了美女宝马，整天在郊外演出，鲁国国君和执政的季氏天天不理朝政，跑到这个娱乐场所寻欢作乐，孔子愤而辞职。历史上臧文仲养一只玳瑁，并为之修建华丽的房子，孔子因此认为臧文仲不是个有仁德之人。

圣人也有脾气

人总要有点脾气的，别说有血有肉的人，就连一向温驯的兔子被逼急了也会咬人。网上有个视频，一只兔子咬住土狗的耳朵不放，结果这只欺负兔子的土狗落败而逃。有人会说，古代至圣孔子就没有脾气，因为孔子主张“温良恭俭让”，主张“不迁怒，不二过”，孔子是一个温顺和蔼的老头，笑眯眯的。如果真这么看就错了，孔子不但有脾气，而且脾气还不小，这么说的根据很充分，我们不妨看一下几个事例。

事例一，是可忍，孰不可忍？《论语·八佾篇》：“孔子谓季氏，‘八佾舞于庭，是可忍，孰不可忍也？’”孔子骂季孙氏这句话骂成了千古名言。季孙氏是鲁国的卿大夫，也是执掌国政的权臣，在家庙中居然用了周天子舞乐的“八佾”标准，这是明显的僭越。依周礼规定，卿大夫只能用四佾的舞乐队伍，孔子自然不能容忍，便说出了这句著名的话：“是可忍，孰不可忍也？”

事例二，孔子骂弟子宰予。《论语·公冶长》记载：宰予昼寝。子曰：“朽木不可雕也，粪土之墙不可圬也！于予与何诛？”子曰：“始吾于人也，听其言而信其行；今吾于人也，听其言而观其行。于予与改是。”这段话的意思是：宰予大白天睡觉。孔子说：“腐烂的木头不堪雕刻。粪土一样的墙壁不能粉刷！对于宰予这样的人，还有什么好责备的呢？”又说：“起初我对于人，听了他说的话就相信他的行为；如今我对于人，听了他说的话却还要观察他的行为。这是由于宰予而改变了我的看法。”宰予是个能言善辩的学生，孔子对他有些看法，但真正让孔子发火的是宰予大白天睡觉，这是懒惰的表现。“朽木”“粪土”这些词，足以说明孔子动了肝火，因为孔子最讨厌的五种人中就有懒惰之人。

事例三，《论语·宪问》：原壤夷俟。子曰：幼而不孙弟，长而无述焉，老而不死是为贼，以杖叩其胫。孔子的老相识原壤叉开腿坐在那里等孔子，孔子来了后看不过去他那副今天看来有点“葛优躺”的样子，便训斥道：小时候不谦逊尊重师长，长大又无可称述，老了又不死，你就是个祸害。说完，用手杖敲打原壤叉开的小腿。原壤是个很率真的人，大概有点嵇康的性格，他母亲去世了，他竟然在孔子来帮忙擦洗棺木时不停地唱歌，这足以说明原壤是个怪人。孔子不想失去这样一个老相识，但又看不惯他的所作所为，便骂了他老而不死是为贼。这也就是现在骂人“老不死的”的由来。试想，骂出这样难听的话来，孔子的脾气还小吗？

事例四，孔子愤而辞官。《史记·孔子世家》记载：齐人听到孔子治鲁才三个月，鲁国状态就大有改变，齐人说：“孔子当政的话，鲁国必然称霸，鲁国称霸而我齐国土地挨近它，我齐国的土地就会最先被兼并了。何不赶紧献送土地呢？”大夫黎锄说：“请先尝试设法阻止孔子当政；如果没法阻止孔子当政再献送土地,难道算晚吗?”于是挑选齐国国中漂亮的女子八十人,全都穿上华丽服装而跳起《康乐》舞蹈,连同有花纹的马一百二十四,馈赠给鲁国国君。齐人将盛装女乐、有纹骏马陈列在鲁国都城南面的高门外。季桓子换上平民服装前往观看多次,打算接受,就告诉鲁定公要外出巡回周游,终日前往观看,懒于处理政事。子路说:“您可以离开了。”孔子说:“鲁国将要举行郊祀,如果能将郊祀祭肉分送大夫的话,我就还可以留下。”季桓子沉湎于女色,三天没有上朝听政;举行郊祀典礼后,又不向大夫分发祭肉。孔子于是选择了离开,住宿在村里时,大夫师己前来送行,说:“您没有什么过错。”孔子说:“我唱首歌可以吗?”接着唱道:“那妇人的口啊,可以让人出走;那妇人的话啊,可以叫人身死名败。悠闲自在啊,聊以消磨时光!”师己返回国都,季桓子问:“孔子说了什么?”师己将实情相告。季桓子喟然长叹说:“夫子因为那群女乐的缘故怪罪我啊!”

孔子这次发脾气,唱的是《去鲁歌》,从其中“彼妇之口,可以出走;彼妇之谒,可以死败”的歌词可以看出孔子有着极大的负面情绪。人不生气到一定程度,是不会借着唱歌来宣泄的,正所谓男愁唱、女愁哭,孔子愤而悲歌,足见是发了脾气的。

不用再多举例,这些事例足以说明孔子是有脾气的。

有脾气的人喜欢发誓,而且发毒誓,孔子也不能免俗。孔子去卫国,卫灵公的夫人南子约他见面。要是一般的夫人见个面也没什么,问题是南子是个颇有争议、绯闻不断的女子,孔子去私会这样一个女人,弟子子路就很不高兴,子路怎么不高兴史书上没有记载，子路是个耿直的人，一定是把这种不悦表现了出来，孔子有口莫辩，只好发誓说："予所否者，天厌之！天厌之！"意思是自己与南子见面，完全符合礼节，没有任何逾矩之处，否则老天爷将嫌弃我，老天爷将嫌弃我。重要的事情说三遍，孔子在此重复了两遍，已经很不容易了，《论语》中孔子如此强调一件事的情形并不多，可见，孔子发誓是认真的。

孔子发脾气有个特点，那就是被触碰到了底线，孔子的底线是礼，遇到不讲礼的人或事孔子才会发脾气。一般情况下，孔子是很克制的，这是孔子人格的健全之处，该怒则怒，该和则和，有礼有节，收放适度，如果孔子不这样，一味地隐忍退让，忍辱负重，那么孔子就不会有那么多追随者了。

圣人亦好酒

酒的出现距今已经有六千多年历史，是历史文化中具有符号作用的元素，《全唐诗》收录唐诗49400余首，其中有6000余首与酒有关。很多人对这种集雅士、武士和疯子性格于一体的杯中之物爱恨交叠，纠结不已，所以很想知道孔圣人是怎样看待酒的，以此找到某种待酒之道。孔子对酒的态度清晰明确，绝无暧昧之意，不但不主张禁酒，而且在谈论饮食时，还对酒开了"唯酒无量"的口子。应该说孔子不愧是圣人，很清楚生活之道，不做冒天下之大不韪的蠢事。孔子很清楚，酒这个东西是很难限制的，既然限制不了，那不如适度引导为好，否则，弄个形同虚设的所谓法令，倒成了有章不循、有禁不止的反面教材。

《论语》中"酒"字出现了五次，其中有三次都出在《乡党》篇，流传最广的一次就在《乡党》篇，原文如下：

> 食不厌精，脍不厌细。食饐而餲，鱼馁而肉败，不食。色恶，不食。臭恶，不食。失饪，不食。不时，不食。割不正，不食。不得其酱，不食。肉虽多，不使胜食气。唯酒无量，不及乱。沽酒市脯不食。不撤姜食。不多食。

这段话译成白话是:粮不嫌舂得精,肉不嫌切得细。食物腐败发臭,鱼和肉变质腐烂,都不吃。食物颜色难看,不吃。气味难闻,不吃。烹调不当,不吃。反季的蔬菜,不吃。切割方式不得当的食物,不吃。没有佐料,不吃。席上的肉虽多,吃它不超过主食。只有酒不限量,但不能喝到神志昏乱的地步。从不明集市上买来的酒和肉干,不吃。吃完了,要把姜留下,但不能食用过量。从这段文字可以看出,孔子在饮食方面做了许多规定,唯独对酒网开一面,只是缀了个"不及乱",这是最能体现孔子不禁酒的证据。

那么,不禁酒的孔子酒量如何呢?这个问题在孔子时代就有一个民谚:"尧舜千钟,孔子百觚,子路嗑嗑,尚饮十榼。"这个古谚想表达的是"圣贤海量"。钟和觚都是装酒的容器,一觚盛酒二升,十觚就是二十升,可见孔子酒量有多大。有人说这个谚语是当时劝酒的话,实际孔子没那么大酒量,孔子的孙子子思说,夫子之饮,不能一升,这个说法似乎比较靠谱,但即使一升也不算小了。所以曹丕才说:"千钟百觚,尧舜之饮也。唯酒无量,仲尼之能也。"

孔子不反对酒,但对君子饮酒有两条要求:那就是"不及乱"和"不为酒困"。

怎么理解"不及乱"呢?人们都知道,清醒的时候,人是有方寸的,做什么事情有一个"度",不会过"度"。酒这种东西虽好,但它到一定程度就会破坏人的"方寸",破坏这个"度"。孔子所说的乱,就是乱了方寸,过了度。所以古人有"酒极必乱"

“酒乱性”之说。酒后无德也是不能原谅的，所以，酒不是后果的借口，要想不辱没自己，最好饮酒“不及乱”。

孔子主张饮酒必须饮对的酒，为什么“沽酒市脯不食”？因为从不明集市买来的酒和肉干无法保证质量，一旦喝了假酒，吃了病肉，那是损害健康的。有人要问，市场上买来的酒不喝，那么就都是自己酿吗？显然不是，春秋战国时期，已经有专门的酒作坊，要想喝酒，一定要喝有品质的酒，而酒坊里的酒，自然质量要好。

“不为酒困”说得更好，一个“困”字道出了酒能淹死人的道理。《酒诰》禁酒，主张无彝酒，执群饮，戒缅酒，认为酒是大乱丧德，亡国之根源，就是没有走出孔子说的“困”字。再天才的人，如果过不了酒关，其成就就会大打折扣，甚至伤身害命。古代名仕多困于酒，喜欢沉溺于一种懵懵懂懂的醉态，其原因是对现实的一种无奈、悲观，想通过这种醉态来自我解脱。陶渊明如此，嵇康如此，但孔子不是如此，所以孔子成了圣人。孔子周游列国十四年，大好时光用在了“求仕”的路上，然而，他却到处碰壁，最后一把子年纪了，又回到了鲁国。按理说，孔子最有沉溺于酒醉的理由，因为他的礼制和仁政的理想实现不了，他多悲观、痛苦啊，得意的弟子相继死去；象征着仁义的麒麟也出非其时，受伤被获；儿子孔鲤也先他而亡，白发人送黑发人。孔子几乎绝望了，他借酒消愁别人也无可厚非。但孔子没有这样，他坚持君子不为酒困的原则，在古稀之年继续整理古籍，编写《春秋》，传授弟子，资政为国，终于成为万世师表。

孔子强调礼乐治国，而“百礼之会，非酒不成”（《礼记》），没有酒，礼就失去了存在的形式；有音乐没有酒，就无法形成欢乐的气氛。后人根据这个道理，发明了一句名言，“饮酒者，乃学问之事，非饮食之事也”，这符合孔子对酒的作用的理解。

酒作为一种文化，主要表现在“礼”上，人们在其程式上赋予了许许多多的内容，无非使人与人的交际更加合乎“礼”的要求。孔子正是看到了酒的这一属性，所以他不反对酒，这和一些宗教的教义大都禁酒有着明显的区别，也更加有积极的意义。宗教的限令无论是在盛极的中世纪，还是在现在，并没有影响酒的发展，相反，现在的酒产业已经成了许多国家的财源，这说明酒的生命力是不可低估的。人类需要交际，而目前还没有哪一种东西能更好地替代酒在交际中的作用。所以，孔子对酒采取了一种中庸的态度，值得我们借鉴。

十大糟粕明辨

有一篇文章，罗列了孔子的十大糟粕思想，看起来挺吓人，仔细一看却发现这些说法都很勉强，对孔子误读甚多，都是从《论语》中断章取义，然后得出和孔子思想相去甚远的结论。对此，不妨一一明辨之。

一、关于等级观念问题：文章说孔子推崇君权、父权、夫权，提倡愚忠、愚孝、愚节。在孔子的观念里，君臣父子夫妻，各有其位，等级森严，不容僭越，绝无平等之必要，更无平等之可能。导致国人只知专制，不识民主，以为命由天定。孔子的这种专制思想、等级观念逐渐渗透进国人的血液里，流淌至今，如附骨之蛆，剔之不去。

提出问题者显然对礼缺乏认识。春秋时期，周室衰微，礼崩乐坏，孔子强调秩序和礼制是规范社会的必要手段，就像今天强调法治一样，怎么能与糟粕相提并论？君无权威国必乱，父不像父，如何给儿女做榜样？在农耕时代，丈夫是家庭的主要劳力，通过辛勤工作来养家并受到妻子爱戴有什么错？至于愚忠更是子虚乌有之事，儒家只对那些圣贤之王尽忠，不仁不义之君被孟子称为“独夫民贼”，愚忠之说是站不住的。愚孝更是荒唐，孔子所言之孝，是一种高层次的精神孝道，故而有“色难”一说，让父母精神快乐、夙愿得偿，不存在愚的问题。把国人只知专制、不识民主甩锅给孔子，则更是滑稽，孔子之所以崇拜周公，除了礼乐方面的原因外，很大程度上是因为周公“敬德保民”，世界上还没有哪一个专制君主能做到爱民如子，孔子的等级观念重点在秩序，而非专制，专制主义想在孔子身上找依据是徒劳的。

据《孔子家语》记载，孔子为鲁司寇，断狱讼，皆进众议者而问之，曰：“子以为奚若？某以为何若？”皆曰云云如是，然后夫子曰：“当从某子几是。”这说明，孔子是一个愿意听取别人意见的人，哪怕是审理案子也是如此，没有专断的性格基础。

二、孔子力主推行愚民政策，文章说让民众按照统治者的意思去做事，却不要让他们知道这样做的原因。愚民为何？一句话：便于统治！中国近现代的诸多落后，以及国人骨子里的奴性十足，都是两千多年的专制思想和愚民教育合力作用的结果。对此，孔老夫子恐怕难辞其咎。

这里，作者引用了《论语·泰伯》中一句话：“子曰：‘民可使由之，不可使知之。’”关于这句话，很多人都知道有个断句的问题，像上文这样断句只是一种说法，还有很多人是这样断的：民可，使由之；不可，使知之。我本人更倾向后一种解释，因为断句不同，含义大变。这句话的含义是这样的，老百姓可以役使，就放手让他们去劳作；不能役使，就要教化他们。这种思想符合孔子的一贯思想，因为教化国民一直是孔子坚持不懈的工作，他主张有教无类，不赞成愚民政策。他有弟子三千，七十二贤人，比当今任何一个博导带的博士都多。史书记载孔子“自行束脩以上，吾未尝无诲焉”，“学而不厌，诲人不倦”，这样的人怎么会去搞愚民政策呢？

还有一种断句：“民可使，由之；不可使，知之。”也接近孔子一贯主张，供读者明辨。

孔子曾说过：入其国，其教可知也。其为人温柔敦厚，《诗》教也。这里的教，就是国家对国民的教育，如果国民温柔敦厚，就说明是《诗》教的结果。读过《诗》的人都知道，有些诗讽刺性很强，民声民怨呼声很高，如果是愚民政策，像《伐檀》《硕鼠》这样的诗应该被封禁才是，但这些诗恰恰是孔子保留下来的。

通过一句断章取义的话，说孔子搞愚民政策，进而说国人奴性十足是因为孔子，让九泉之下的孔夫子何以瞑目？好在圣人文章在，相信很多人读原著、悟原理之后，便不会再人云亦云，说孔子搞愚民政策。

三、简单的二元思维：孔子眼里，人只有两类，非君子即小人。如此简单的二元思维，导致国人在面对多元社会、多元问题时的无能为力和不知所措。其实人性之复杂，根本就不是君子和小人所能涵盖的。当然，孔子认为一分为二足矣。

孔子很清楚人的复杂性，他弟子本身就类别不同，读遍孔子著述，也找不到孔子有这种简单的二元思维。至于提出问题者列举的三句话，即“君子周而不比，小人比而不周”“君子坦荡荡，小人长戚戚”“君子喻于义，小人喻于利”。反复琢磨，也琢磨不出这个所谓的二元思维来。应该说，孔子所说的君子内涵很丰富,是一个人修养要达到的境界,包含了仁、义、礼、智、信、忠、孝、悌、廉、耻多种道德要求,是一个目标,但又没有十分具体的量化;而孔子所说的小人也不是指坏人,而是指那些需要学习引导不断成长的人,很多时候是特指底层人士。两个概念是论述时互证的根据,绝不是后来人们对小人的理解。孔子不会弱智到把那些喜欢搞搞关系、好动感情、常把奖金福利挂在嘴边的人统统称为坏人。一个思想家、政治家、教育家,把世界简单化到非白即黑,只有好人与坏人之别,那是不可想象的。

四、孔子只重阐述,不提倡原创,结果中国历代知识分子只能将古人的思想陈陈相因,多是些训诂、考据、索隐之学,而新思想的诞生几无可能。此便为春秋战国之后,中国再无思想大家之根源所在。另外,一个不重视原创的民族只会出现现在这样的结果:抄袭严重,盗版猖獗。

问题提出者把当下抄袭严重、盗版猖獗归罪于孔子的"述而不作"这个说法令人喷饭。首先,"述而不作"是孔子的自谦,把人家自谦的话拿来当结论,这本身就不靠谱。其次。孔子并非"述而不作",孔子做学问是严谨的,这一点读读孔子为《易》所做"十翼"就清楚了,十翼哪一篇不是孔子的创作发挥?

至于将古人的思想陈陈相因则更不对,孔子"陈陈相因"的是圣贤思想,尤其是周公的思想,就像我们今天研究黑格尔、费尔巴哈一样,找到一个历史上的理论家做支撑点,再结合实际有所阐发,这怎么能说是不提倡原创?有弟子、国君向孔子问政、问道,孔子的回答总是因人而异,根据问话者的身份、性格特点给出答案，这些回答本身就是孔子的原创，说明孔子是既述又作。

五、迷信古人：文章说孔子的目标永远向后，只恨不能回到周初，为周公洗足，替武王捶背。导致的结果是，人人迷信古人，而古人迷信更古的人。年纪轻轻就开始怀旧，不思进取，只知慨叹人心不古，其实古人之心未必如今。

提问者引用了孔子说的“信而好古”一句话，得出的结论是孔子迷信古人，不思进取。这句完整的话是这样：“子曰：述而不作，信而好古，窃比于我老彭。”译成白话：孔子说：“只阐述而不创作，相信而且喜好古代的东西，我私下把自己比做老彭。”这话是孔子自我评价，他将自己私下比喻成一个叫老彭的商贤大夫，此人盖信古而传述者也。这是有特定语境的一句话，孔子虽然是传统文化的集大成者，但并不过高估价自己的作用，说自己只是像老彭那样是个“信古而传述”的人，这和迷信古人是两回事。孔子是个有批判精神的人，他崇敬先贤，却不盲从先贤，从对臧文仲的评价上就可以看出这个态度。比孔子大一百多岁的臧文仲威望极高，他的高风亮节，从善如流，不耻下问，赏罚分明，为鲁国内政外交立下卓越功勋，但孔子还是在肯定的基础上客观地批评了他。

孔子连鬼神都不迷信，采取敬而远之的态度，让他去迷信已经死去的古人，这很难说得通。对传统文化中有价值的精华欣赏并发扬光大，与迷信古人是两回事。周前还有商，商在当时也有许多文化遗存，但孔子对这些殷商的鬼神崇拜并不感兴趣,这说明孔子对传统文化的继承和发展是有选择性的,而迷信的人则不同,会一股脑塞进脑子里。

六、歧视女性:孔子轻贱女性,视女子为小人,导致的结果是数千年的重男轻女,造孽无数。

说孔子歧视女性,而且用那句著名的“唯女子与小人为难养也”来证明,这未免有些证据不足。研究分析问题,应该前后左右联系起来分析,不能凭片言只语做结论。先说儒家对女性的态度,到底有没有歧视的例证。谁都知道儒家有孟母三迁的故事,孟子的母亲已经成了一个伟大母亲的象征,孔子的母亲颜征在也是如此,孔子幼年丧父,是母亲含辛茹苦把他养育到十六岁,孔子对母亲十分爱戴,尽管不知道父亲葬在防山何地,但仍想法设法将母亲与父亲合葬,这是对母亲最大的尽孝。颜征在是妾,不是正房,能让母亲与死去的父亲合葬,对母亲是最好的交代,孔子做到了这一点,从宏观意义上来看,说明他对女性是公允的。

当然,受时代局限,孔子还不能像现代人那样有着高度文明的性别观,能公允对待女性已经说明孔子人皆生来平等的朴素思想了。当年孔子在卫国去见南子,也足以说明孔子不歧视女性,尽管南子有绯闻,但既然南子约见自己,自己还是顶着压力去见了,如果孔子是个对女性有成见的人,这个约会完全可以拒绝。

另外,提问者所列举的这句话,也有不同版本的翻译,主要是在这个“养”字上。在孔子那个时代,“养”,并不是现在养字的含义，它的本意是“纵容、姑息”，是“长”的意思。比如说“养虎为患”，并不是说你家里养只老虎，这老虎会成为祸患，而是指纵敌必将成为祸患。再如“姑息养奸”，这里的养是扶植、助长的意思。那么，孔子认为女子和小人不能纵容、助长，这话错了吗？这里的小人和女人都是特指，就是说在外面，对小人不能姑息迁就，在家中对女人不能助长溺爱，这话说得多么精辟！

七、狭隘的民族主义：孔子心中那“正统嫡传”的文化道德优越感逐渐演变成国人心目中“天朝上国”之莫名其妙的观念，至明清而愈演愈烈，举国上下，不知天外有天，遂有清末之辱。细细揣度，人类之战争，半数以上起于民族主义，一战、二战之德国日耳曼民族、日本大和民族，皆因自以为优而彼等劣，遂起贪心，致生灵涂炭。现今，国内经济略有好转，民族主义叫嚣又起，望国人慎之再慎，引以为鉴。

说孔子有狭隘的民族主义实在是牵强，《论语·八佾》中子曰：“夷狄之有君，不如诸夏之亡也。”这句话有轻视游牧部落的含义，但这是符合当时社会发展现状的。不可否认，社会文明不是一二一齐步走，先后快慢之别还是存在的，中原地区是农耕文明，礼乐教化发展比较快，这是事实，不能用现在一句民族主义的大棒横扫一切。当年，元代建立之初，不允许中原良田耕种，任其长草放牧就是一个例证。各种文明在相互交融中得以进步、提升，孔子没有拒绝这种理念，他曾说过：“天子失官，学在四夷。”他认为许多天子掌握的文化学术保留在东夷、西戎、南蛮、北狄所处之地，这是对四夷的肯定。孔子本身也非常注重对四夷事物的学习,他能从死去的大鸟身上辨别出北方肃慎族的短箭。据《大戴礼记》记载:孔子认为,舜、禹、汤、武丁、文王等之所以能够成为千古圣王,是他们都有德化天下、四海一家的胸襟和气魄,使四夷能够自觉向中央政权归附和靠拢,在地理格局上呈众星拱月之势,这样就使自身的稳定和发展有了和平的外部环境。相反,夏桀、商纣没有秉承、发扬先王的“明德”,华夷关系紧张,导致王朝覆灭。

孔子的学生公孙龙和秦商就是被称为“蛮夷之邦”的楚国人,孔子接受这学生并无偏见。

八、孔子提倡事不关己,高高挂起。如此这般,社会责任感从何谈起?

发问者引用了《论语·泰伯》中。子曰:“不在其位,不谋其政”这句话,这又是用错了地方。孔子此言是指做官的人,不在其位,不谋其政,不是讲不担当。君子弘毅就是担当,君子可以舍生而取义,杀身以成仁,怎么能事不关己高高挂起呢?孔子讲,见义不为,无勇也,就是强调君子要见义勇为。

历史上有这样一段记载:齐国出现了“陈恒杀君”之变,就是齐简公的上卿大夫田成子(陈恒),在内乱中杀死了平庸无能的齐简公,立简公之弟骜为齐平公,陈恒为相。这件事在孔子眼中是大逆不道的,不管简公政绩如何,弑君之罪是不可饶恕的,孔子自然十分愤慨。他不顾自己年老体迈,沐浴更衣,然后去朝见鲁哀公,请求哀公发兵伐齐,匡扶正义,恢复秩序。孔子碰了钉子,又去找三桓,结果还是被拒绝了。从此事上可以看出，孔子是一个不拿原则做交易的人，虽然事不关己，但只要关乎正义，他还是要管的。

九、孔子是典型的精英主义者，骨子里看不起劳动人民，视农民、菜农、手工业者为小人。

这也是对孔子的误读。孔子说自己少也贱，故多能鄙事。瞧不起底层百姓，不是瞧不起自己吗？前文说过，孔子笔下的小人，不是现在意义上的小人，就像南子说自己是寡小君一样，是当时一种称谓习惯。提问者引用《论语·为政》中子曰："君子不器"来举证，是对这句话理解有误，君子不器，简单地说，是指君子不能只有一种用途，君子应该是通才，这与瞧不起底层群众有什么关系？提问者还引用了《论语·子路》樊迟请学稼作例子。子曰："吾不如老农。"请学为圃。曰："吾不如老圃。"樊迟出。孔子说的是实话，种粮，他不如老农；种菜，他不如菜农，樊迟来问这样的问题，明显是给老师难堪，就像你去问哲学家怎么杀猪一样，这是风马牛不相及的事，所以孔子才有那句："小人哉，樊须也！"用这句话来证明孔子轻视体力劳动，太过牵强。不过，说孔子主张精英主义则有些点靠谱，孔子办私学的确在培养社会精英，但培养精英与看不起劳动人民不能画等号，何况有些劳动人民经过教育也可能变成精英，比如颜回就是一个例子。

十、孔子为人虚伪，言行不一。在卫国见南子，惹众弟子不悦一事，将其说一套、行一套的嘴脸暴露无疑。

说孔子虚伪、言行不一，这是 20 世纪 70 年代"批林批孔"

时大字报的说法。孔子的得意门生曾子是得到老师真传的,曾子说:“吾日三省吾身,为人谋而不忠乎? 与朋友交而不信乎? 传不习乎?”

把讲不讲诚信作为每天反省的内容,如果真的言行不一,还不纠结出抑郁症来? 发问者还引用了《论语·雍也》中“子见南子,子路不悦。夫子矢之曰:‘予所否者,天厌之! 天厌之!’”,认为孔子发誓是言不由衷,这就更是臆测了。孔子见南子是在宫廷之中,从司马迁的记述来看,没有半点逾礼之举,两人中间还挂着一道帘子,子路不悦,孔子当然感到委屈,故而说出“予所否者,天厌之! 天厌之”的话,目的在于打消弟子的误解而已,何来说一套、行一套的道理?

素质教育的鼻祖

孔子是中国历史上第一个举办私学的人，学生中有的是父子同学，如曾皙、曾参；有的出身名门，如端木赐；有的出身低贱，如仲弓、公皙哀；还有的有坐牢前科，如公冶长，因为懂得鸟语而获罪入狱。三千弟子林林总总，可谓五花八门，从政、经商、搞教育、做学问等等，分布在诸侯国各个领域。孔门弟子没界别，也没有毕业之说，有事就去做事，没事就来学习，既紧密又松散，除却礼制规定，没有其他限制，是典型的弹性学习制。有的弟子跟随先生几十年了，还不肯离开，把老师这里当成了家，这种独特的教育方式成为春秋时代私学特色。

与孔子的办学思路相比，当下的许多教育却饱受诟病，尤其是以考试为目的的应试教育，已经偏离了教育育人的初心，孩子们变成了学习的工具，考试成了唯一的动力和评价教育成果的标准，孩子们天性萎缩，学习兴趣不再，精致利己主义大行其道，以至于高考过后，成百上千的考生回到宿舍以撕书、烧书来发泄心中怨气。

思考应试教育弊端的同时，很多有识之士主张实行素质教育，这一提议也得到了教育管理部门的认可，素质教育在官方文件中成了一个热词，尽管尚无得力举措扭转应试教育的局面，但达成素质教育的共识似乎不再成为问题。在谈到素质教育时，很多人开始回望两千多年前的孔子，这个长眠在泗水之滨的老人，似乎依然在等待后人的问道。人们发现，孔子从来没给弟子们发过考卷，也没有出命题作文，更没有给弟子评“三好”、发奖状，孔子教育的宗旨是传道、授业、解惑，是明道、明德、明礼。孔子希望通过讲述自己对先圣的学习体会，给弟子们格物致知以启发。原来孔子一直主张素质教育啊！作为素质教育的鼻祖，孔子已经告诉了我们怎样来搞素质教育。

首先，孔子主张“有教无类”。所谓有教无类就是不管什么人都可以受到教育，不因为贫富、贵贱、智愚、善恶等原因而有所选择。孔子似乎知道两千多年后的华夏大地，各个学校会开展抢割学苗的怪事。孔子教书不是为了钱，学生拜师仅仅准备一点象征性的“束脩”就可以，今天则不同，一些私立学校办教育是为了效益，抢到好学苗，高考上榜率就高，学校名气就大，学费就会涨，这种把教育作为赚钱工具的做法，育人的功能自然就会弱化。孔门对社会是敞开的，斯文在兹，以文化人，而现在办学校的，则比孔夫子多了许多功利成分。

孔子之前，教育皆为官学，官学相对来说都有严格规制，像面包炉一样，一团生面进去，一个里软皮酥的熟面包出来，这是国家机器的作用，民心似铁，官法如炉。而孔子则不然，孔子教育弟子，主要在于以圣贤思想来引导弟子，走上“修身、齐家、治国、平天下”的入世之道。

其次，孔子做到了因材施教。因材施教是素质教育一条重要原则，这一点孔子做到了。不同的弟子问同样的问题，孔子给出的答案是不同的，因为每个学生的境界、感悟、性格等诸因素不同，不能一个药方治百病。子路问政。子曰："先之，劳之。"请益，曰："无倦。"子贡问政。子曰："足食，足兵，民信之矣。"子贡曰："必不得已而去，于斯三者何先?"曰："去兵。"子贡曰："必不得已而去，于斯二者何先?"曰："去食。自古皆有死，民无信不立。"

鲁哀公问政于孔子，孔子的解答比较多一点，因为哀公几次问政，孔子作为鲁国大夫，理应解释透彻一些。孔子说："文武之政，布在方策。其人存则其政举，其人亡则其政息。天道敏生，人道敏政，地道敏树。夫政者，犹蒲卢也，待化以成，故为政在于得人。取人以身，修道以仁。仁者，人也，亲亲为大；义者，宜也，尊贤为大。亲亲之杀，尊贤之等，礼所以生也。礼者，政之本也，是以君子不可以不修身。思修身，不可以不事亲；思事亲，不可以不知人；思知人，不可以不知天。天下之达道有五，其所以行之者三。曰君臣也，父子也，夫妇也，昆弟也，朋友也，五者，天下之达道。智仁勇三者，天下之达德也。所以行之者，一也。或生而知之，或学而知之，或困而知之，及其知之，一也。或安而行之，或利而行之，或勉强而行之，及其成功，一也。"

齐景公问政于孔子。孔子对曰："君君，臣臣，父父，子子。"公曰："善哉！信如君不君，臣不臣，父不父，子不子，虽有粟，吾得而食诸。"

叶公问政,孔子对曰:“政在悦近而来远。”

五人问政,孔子根据每个人的实际情况给予了不同的回答,给子路的答案是率先垂范,勤勉敬业,因为孔子知道子路做到这一点并不难。给子贡的答案是树立老百姓对政府的信任,因为民无信不立。

给鲁哀公的答案是效仿文武之道,鲁哀公十分敬佩孔子,孔子也在这位国君身上寄予政治厚望,两人能谈得来,故而讲解颇多。孔子去世后,鲁哀公亲自做诔文:“旻天不吊,不慭遗一老,俾屏余一人以在位,茕茕余在疚,呜呼哀哉! 尼父! 无自律。”足以看出鲁哀公对孔子的感情之深。

给齐景公的答案是遵循礼制。孔子知道齐景公的问题会出在有违礼制上,景公的哥哥庄公就是因和下属的老婆私通而丢了性命,景公本人也是贪图酒色和虚名的人,为了和晋国争夺霸主虚名而耗尽国家财力,孔子便给了他这八个字的经典答案。

给叶公的答案是安抚百姓,不要让百姓离心离德。因为叶公地处荆地,地广而都狭,民有离心,莫安其居。

问政如此,问仁也是这样,仲弓问仁。子曰:“出门如见大宾,使民如承大祭。己所不欲,勿施于人。在邦无怨,在家无怨。”仲弓曰:“雍虽不敏,请事斯语矣。”司马牛问仁。子曰:“仁者,其言也讱。”曰:“其言也讱,斯谓之仁已乎?”子曰:“为之难,言之得无讱乎?”

再者,孔子注重实习。孔子反对死读书,主张多到大自然中去加强感性认识,他利用游历中所见所闻教育弟子,凸显了学以致用的教育目的。孔子周游列国十四年,既是向各国推行自己政治主张的过程,也是实习实践的过程。应该说周游列国期间,不仅弟子们得到了实践锻炼,孔子本人也有许多认识上的提高,这对他晚年整理古籍是有所开悟的。

像孔子一样复习

《论语·述而》有一句话:“默而识之,学而不厌,诲人不倦,何有于我哉?”这句话的大意是,默习所学的知识,学习不觉满足,教导弟子不知疲倦,这一切对我来说,做到了哪一点呢?

孔子这样说,显然是谦虚,谁都知道孔子博闻强记,喜欢“学而时习之”,默习不成问题;能“入太庙,每事问”,学而不厌也做得很好;对弟子能“有教无类”“因材施教”,诲人不倦做得更是无可挑剔。这三点孔子都做到了,而且做得很出色,堪称典范。那么,孔子为什么还要这样说呢?孔子的用意无非有两点:一是自谦自省,提示自己时刻不要忘记这三点,让自己保持一种学习和诲人的良好状态;二是以自己为例教育弟子,让弟子以他为镜鉴,进而有所感悟,因为这话毕竟是对弟子而言。孔子的弟子曾子也说过:“吾日三省吾身:为人谋而不忠乎?与朋友交而不信乎?传不习乎?”孔子和曾子所重点强调的是一件事:复习。

然而,很多人在读这两段文字时,往往重视其他而忽略了复习问题。

孔子和曾子为什么看重复习呢?这是因为人的记忆和学

习能力是有生理阶段的，一般来说，蒙童时期的记忆要好一些，接受知识比较快。在幼儿园，孩子们记忆如同一张白纸，画什么是什么，记下的知识很可能是一生的烙印。孔子那个时代就不同了，弟子们求学年龄比较大，几乎相当于现在的高中阶段，孔子本身是从十五岁开始立志学习的，孔子的弟子们也都是成年人，有的弟子求学时已经人到中年，这个年龄阶段学习知识如果不注意复习，很可能就会忘记。加之当时的教学，不是现在的语文、算术，除却礼仪典籍之外，大都是古老的修身齐家治国平天下的道理，许多哲理需要不断揣摩、思考，不复习、不加深理解，容易囫囵吞枣，吸收不到学养，因此，复习是不可或缺的功课。

在孔子眼里，复习是学习深化的过程，也是知识应用的过程。孔子学《易》，就拿一把耆草演练起卦；孔子主祭，就事先演练，下功夫彩排，防止举行正式仪式时出差错，这些行为都是某种意义上的复习。

我们可以多纬度地去理解孔子强调的复习，首先是对知识的记忆，这是基础性的要求；其次是加深理解，是对所学知识的深度消化和吸收，这是“默而识之”和“传不习乎”的重点；最后是实践，是对知识消化后的运用，也就是学以致用。第三个纬度是“习”的最高境界，也是孔子之所以去周游列国的目的之一。孔子不仅自己要“习”，而且带着众弟子一起去“习”，虽然他没有找到一个施展才华、实现抱负的平台，但他传播了自己的忠恕之道，所以说“习”的过程，成了孔子布道的过程，这种布道,像播种一样,把他的仁义忠恕思想种植到十几个诸侯国。如果孔子不率领弟子们去周游列国,他的儒家思想也许产生不了这么大的影响。

孔子认为复习是件很愉快的事,“学而时习之,不亦乐乎”?但实事求是地讲,谁都知道学习是一件苦差事,怎么能愉快起来呢?孔子认为最关键的是“正道”,就是要端正方向和明确目标。孔子认为好学的重要标志之一,是“就有道而正焉”,就是说要到有道之人那里去匡正自己。所谓“有道”,一般来说是掌握真学的老师,是能够传道授业解惑的人,古人之所以把师与天地君亲相并列,可见老师地位之高。学习中,最好的钥匙是老师,有老师指点,很多难题会迎刃而解,复习的兴趣也会随之大增。这好比一个练家,一旦拜了身怀绝技的武林大侠为师,哪怕天天站梅花桩、打沙袋也不会觉得辛苦,因为他知道自己的方向和目标。

今天,有些学生视复习为负担,很重要的一个原因是学习的临时思想和学习无用感在作祟。学习为了应试,而不是为了运用,一旦考过去,书本仿佛就完成了使命,变得不再重要,这才出现学生考试后将课本教材统统付之一炬的异常之举,这种情况在孔子那个时代是不可想象的,那个时候读书人敬惜字纸,有一副对联写得好:毋弃六书片纸,只因一字千金。

我们在学习上应该像孔子一样复习,尤其要用“正道”贯通当下和未来,让复习的过程成为愉悦的过程。做到这一点其实并不难，只需要一盏灯，一盏能将抽象知识照成耀眼财富的灯，让你在积累“财富”的正道上奋力前行。可以肯定，能够点燃这样一盏灯的，一定是孔子所说的“有道”。

形式和内容同样重要

孔夫子时代，卫国有个大夫叫棘子成，有一天他问孔子的学生子贡，君子只要本质好就行了，何必要那些外在的纹饰呢？这是一个今天也常常被提起的哲学问题，即内容和形式的关系。棘子成的意思是君子只要有学问有本事，不必在意外在形式。但子贡却不赞同他的说法，子贡说："惜乎，夫子之说君子也！驷不及舌。文犹质也，质犹文也，虎豹之鞟犹犬羊之鞟。"这句话译成白话是，可惜啊，老夫子您这样来说君子！一言既出，驷马难追，纹饰是本质，本质也是纹饰，虎豹之皮如果去掉毛，和犬羊去掉毛的皮就没什么两样了。

子贡的观点十分明确，形式和内容同样重要。

子贡的观点是有依据的。古代讲礼制，衣冠禽兽等级自分，走在街上路人一望便知，省去了很多猜测麻烦。有段时间，为了体现官兵平等，我们取消了军衔，但实战后发现这种外在服饰上的平等缺点不少，打起仗来官兵难以区别，不利于作战指挥，后来便恢复了军衔制。在这个问题上，军衔是外在纹饰，并不代表素质和战斗力，但正是这个纹饰，让将军是将军，校尉是校尉，士兵是士兵。

文学也是如此，语言是形式，故事和思想是内容，但谁能否认语言本身不是内容的一部分呢？同样的故事，名作家是一种讲述，街头老伯也是一种讲述，但街头老伯成不了名作家，这就是形式将两者疏离开了。

话又说回来，棘子成显然忽视了君子修为的外在表现形式，只看到了事物的一个方面，而子贡的回答却恰到好处，说明了形式的重要性。人们往往用不修边幅、不拘小节来搪塞君子之过，其实这是不足取的一种观点。古人讲：一屋不扫，何以扫天下？一个连自己起码的生存状态都管理不好的人，你还能指望他去管理好更多的人吗？

所以人们要经常揣摩子贡的话：文犹质也，质犹文也。

学孔子悟《易》理

孔子曾经遗憾自己接触《易》太迟，他读《易》，绝不是从占卜的角度来研究，他是从探究事物内在的“道”出发，寻找一种趋利避害、逢凶化吉的精神方法，所以他说：“加我数年，五十以学《易》，可以无大过矣。”

孔子对《易》的研究是从何处下手，又是怎样来思考的呢？对此，人们从《系辞》中似乎就能叩开《易》之门。

《系辞》在讲述乾坤两卦时是这样说的：天高在上，地低在下，乾坤的位置就确定了。高低排列有序，贵贱的地位就明确了。天动地静有一定的规律，刚柔自然就分明了。人以其同类相聚，物以其种群相分，凶和吉就出现了。在天上，形成日月星辰等天象，在地上形成山川草木等形体，变化就出现了。因此，刚柔相互作用，八卦相互推移，雷霆鼓动，风雨润泽，日月运行，寒暑更替，乾道构成男性，坤道构成女性。乾创始万物，坤养成万物，乾以其平易让人了解，坤以其简约显示功能。平易则易了解，简约则易顺服。容易了解就会取得人信服，容易服众则可建功立业。有人信服可以持久，建功立业可以发扬光大。持久是贤人的品德，光大是贤人的事业。因此，弄懂了乾坤平易和简约，就把握了世界的根本原理，而把握了这一根本原理，就能在天地间确定属于自己应有的位置。

这等于将乾和坤看成了《易》之两扇门。

首先,乾坤两卦是《易》之基础。八卦固然义理深邃,但都是在乾坤两卦的基础之上变化而来的,这个问题不难理解。有天地的存在,才有人间万物,离开天地的覆盖与承载,一切都无从谈起。所谓天地,其实就是现在我们所说的大自然,是人类生存繁衍的大环境。《易》所要探究的就是这个大环境与人的关系。

其次,乾坤两卦是《易》之产生的最初素材。古人发明《易》,就是“仰以观于天文,俯以察于地理”,从自然实践中得来。一阴一阳之谓道,阴阳间的此盈彼消不是随意的,它有其内在的变化规律,如同大海的潮汐,如同地域与生物的联系等等。任何事物都是矛盾的对立统一体,也就是古人所说的阴阳相聚。阴阳在不断变化,矛盾也在不断转化,这使人们产生了一种要把握这种变化规律的愿望,这便是《易》产生的最原始的原因。

再者,乾坤两卦是《易》的精蕴所在,《易》之生命就在于乾坤的阴阳变化,如同生活中有白天和黑夜一样,如果世界上尽是极昼或极夜,很难想象还会有大千世界的存在。《易》中其他卦可略,但乾坤两卦不可或缺,因为离开了这两卦,《易》就不成为《易》了。

从大的方面说,天地两仪间加上一个人,就是三极,每一卦中的六爻变化就是表示三极变化的规律。

孔子从天地乾坤的位置，引申到自然中万物的卑贱高贵排列，这是不以人的意志为转移的。就像山上草和涧底松一样，尽管有的诗人感慨颇多，生出许多怀才不遇的情愫，但这是没有办法改变的现实，而且这是在它们拥有生命之前就注定的事情，所以有人称之为命运。如果说天地之位无法改变的话，那么接下来就是人为的因素了。人以其类相聚，物以其群相分，吉和凶就产生了。很多人对此不理解，为什么仅仅是人和物分分类、聚聚群就会有凶有吉呢？孔子的分析是十分精辟的，所谓易，是探究变化之理的，在变化之中把握凶吉悔吝。谁都知道，人是有思想的，而人的思想是存在差异的，不同思想的人如果在一起，必然会相互影响，随着时间的推移，肯定有一方的思想会发生变化，要么影响别人，要么被别人影响，不发生变化是不可能的，而一旦变化出现，那么凶吉自然生矣。天上有日月星辰，地上有草木山川，天地之变化是人们可以看到的，这种变化就是刚柔相互作用，八卦相互推移，在这种雷霆、风雨、日月、寒暑的变化中，乾道构成男性，坤道构成女性，乾始创万物，坤养成万物，乾以平易让人了解、信服，坤以简约显示功能，这就是说，明白了乾坤的平易和简约，就掌握了天下的根本原理，就掌握了《易》之精髓。孔子之所以把结论归结到“成位”上，是因为位置问题是易理的玄机所在。孔子“君子思不出其位”“不在其位，不谋其政”这些思想都是基于这种易理。对于一个人来说，在适合自己的位置上扮演好自己的角色，是光大事业、保全自己的基础，反之，就违背乾坤之道，凶险自会出现。

可见,孔子把一部许多大儒望而却步的《易》,用乾坤之理作了概述,让人茅塞顿开。

孔子认为,上古之人之所以发现了《易》之道,不是空想出来的,而是在社会实践中获得的。古人仰观天上的日月星辰,俯察地上的山川草木,因此能知晓阴阳变化的原理。推本求原,循流探终,因此得知事物发展的规律。精气凝聚生成物体,游魂离散发生变化,由此可知鬼神的情状。可以看出,《易》是由此及彼的一种认识方式,这种认识方式是从天地自然中总结出来的,它的目的是引导人们"乐天知命""安土敦仁",说白了,是要人们顺应天地自然变化的规律,从而达到一种"自天佑之,吉无不利"的目的。

《易》作为一种事物内在的规律,它不是具体的,用孔子的话说是"神无方而《易》无体"。那么怎么去把握它呢?孔子又说:"一阴一阳之谓道,继之者善也,成之者性也。"

一阴一阳相互变化叫作道,继承道的是善,成就道的是性。这说明道是无处不在的,凡事都有正反两个方面,这种矛盾的变化转变仁者见仁,智者见智,而大多数人天天处于道中自己却茫然不知。这里有一个很重要的字——性。对这个字的理解,我们不妨翻翻《中庸》,《中庸》开篇第一句话就是"天命之谓性",是说上天赋予人的本能就是性,又称天性。孔子在这里说成之道的是性,是在强调道的客观性,这也看出孔子与黄老之学的区别,也说明孔子不愧是教育大师,对《易》这种晦涩难懂的著作,做到了深入浅出。

孔子对《易》的肯定是极其理性的,他认为易是圣人用来提高道德修养,扩大事业成就的。“知崇礼卑,崇效天,卑法地。天地设位,而《易》行乎其中矣。”人类分工越来越细,标志着文明程度的提高,孔子一贯强调的礼治思想在这里找到了理论根据。“知崇”是智慧贵在崇高,是效法上天;“礼卑”是礼节贵在谦下,这是仿照大地而来的。那么天地设定了上下高低贵贱尊卑的位置,易道就在其中运行了。生活中要遵循这个道,不能偏离,偏离了就会出问题。为此,孔子还举了一个例子:他说,著《易》的人大概了解盗贼。《易》说:“负且乘,致寇至”,就是说,一个粗衣裹腿的小人如果坐着华丽的车子出行,那么就会招致贼寇来抢夺。为什么呢? 孔子说,负(背东西),是小人的事,乘(车),是君子出行,小人坐君子的车,盗贼当然要抢夺了。孔子举这个例子的用意是在说明遵循天地之道,要在自身上找原因,你违背了道,当然就要出问题。国君不理朝政,官员横征暴敛,老百姓肯定要造反;大庭广众之下炫耀自己的钱财,小偷不盯上你才是怪事。所以,“君子将有为也,将有行也,问焉而以言”,努力使自己的言行举止符合道的要求,这样才是明智的。

孔子在《系辞》中着重强调“变”这个观点,说明他抓住了《易》的精髓。任何事物都不是一成不变的,正所谓“刚柔相推,变在其中矣”。那么凶吉悔吝这四种结果,是生乎动也者,不动是没有卦的,卦由动而生。而如何才能在变化中立于有利的地位,他提出了一个“贞”字,即“凶吉者,贞胜者也。天地之道,贞观者也。日月之道，贞明者也。天下之动，贞一夫者也”。什么意思呢？就是说，凶吉之道，守正才能获胜；天地之道，守正才能受人景仰；日月之道，守正才获光明；天下变化，万物都统一于守正。孔子为什么如此突出守正思想呢？如果我们仔细读一下儒家的经典著作《中庸》，这个问题就不难理解了。儒家历来把不偏不倚作为君子的处事之道，《易》中支持了这一观点，在变化的事物中，人们最好的立场就是“守正”，只有做到了守正，才能顺应变化之道，立于不败之地。

孔子在解释《乾》卦上九爻辞时，对“亢龙有悔”的分析就很说明问题。他认为尊贵但没有实际的权利和地位，高高在上又得不到民众的拥护，这是很尴尬的际遇。一个本来很优秀的老师，一下子被提拔当了局长，每天除了开会，再无具体分工，上不着天，下不落地，心里怎么能平衡得了？因此说，条件没有成熟时的飞翔是容易跌落的。贤人居于下位而又无人辅佐时，更不能贸然有所行动，要等待时机，抓住机遇，然后才乘势而上。如果不审时度势，一心恃才斗勇，则未必有好的结果。孔子说的“在上位，不凌下；在下位，不援上”也是这个道理。

孔子把阴盈阳缺、此消彼长作为观察事物发展变化的公式，以此求得人们各自需要的解答，这是他对《易》的破题之功，意在引导人们防微杜渐，居安思危。在《系辞》中，他的这一观点说得再清楚不过了。

“善不积不足以成名，恶不积不足以灭身。小人以小善为无益而弗为也，以小恶无伤而弗去也，故恶积而不可掩，罪大而不可解。""危者,安其位者也;亡者,保其存者也;乱者,有其治者也。是故君子安而不忘危,存而不忘亡,治而不忘乱,是以安身而国家可保也。"

从以上文字中不难读出:危险是由于自以为安全造成的,灭亡是由于自以为能万岁造成的,动乱是自以为政治清平造成的。掩卷深思,这种提醒今天仍然发人深省。

颜回缘何脱颖而出

孔子一生有三千弟子、七十二贤人，毫无疑问，最优秀的弟子当属颜回。颜回死讯传来，孔子痛哭不已，大放悲声："天丧予，天丧予！"意思是老天爷这是要我的命啊！

颜回生于公元前521年，死于公元前490，比孔子小三十岁，属于中年早殁。颜回十四岁拜孔子为师，是受孔子称赞最多的学生。那么，孔子为什么对颜回情有独钟呢？细读《论语》《孔子家语》，不难找出答案。

理由之一：颜回其志可嘉。颜回是个有大志向的人，他崇拜舜帝，以舜为榜样来要求自己。他安贫乐道，不贪图荣华富贵。王符称赞他："困馑于郊野，守志笃固，秉节不亏。宠禄不能固，威武不能屈。虽有南面之尊、公侯之位，德义有殆，礼义不班，挠志如芷，负心若芬，固弗为也。"他自己也说："夫道之不修也，是吾之丑也；道即已大修而不用，是有国者之丑也。"孔子夸赞他："一箪食，一瓢饮，在陋巷，人不堪其忧，回也不改其乐，贤哉回也！"意思是：一篮饭，一瓢水，住在陋室里，别人都受不了这种贫苦，颜回却仍然不改变向道的乐趣。贤德啊，颜回！由此不难发现，孔子最看重的是颜回的远大志向。古人从不把财富作为评价人的条件，而是一向把志向作为衡量人的品德的首要标准,对那些穷且益坚、不坠青云之志的人格外高看一眼。颜回一生虽未入仕做官,但他的思想和道德赢得了社会的认可,也因此被后人称为“复圣”。

理由之二:颜回举一反三。颜回是极其聪慧之人,孔子说他能“闻一知十”。《孔子家语》中记载了这样两件事,一件是东野毕失马之事。鲁定公问颜回:“你也听说过东野毕善于驾车的事吗?”颜回说:“东野毕确实善于驾车,尽管如此,他的马必定会散失。”鲁定公听了很不高兴,对身边的人说:“君子中竟然也有骗人的人。”颜回退下。过了三天,养马的人来告诉说:“东野毕的马走失了,两匹骖马拖着两匹服马进了马棚。”鲁定公听了,越过坐席站起身,立刻让人驾车去接颜回。颜回来了,鲁定公说:“前天我问你东野毕驾车的事,而你说:‘他确实善于驾车,但他的马一定会走失。’我不明白您是怎样知道的?”颜回说:“我是根据政治情况知道的。从前舜帝善于役使百姓,造父善于驾御马。舜帝不用尽民力,造父不用尽马力,因此舜帝时代没有流民,造父没有走失的马。现在东野毕驾车,让马驾上车拉紧缰绳,上好马嚼子;时而慢跑时而快跑,步法已经调理完成;经历险峻之地和长途奔跑,马的力气已经耗尽,然而还让马不停地奔跑。我因此知道马会走失。”在得到鲁定公的肯定后,颜回接着说,“我听说,鸟急了会啄人,兽急了会抓人,人走投无路则会诈骗,马筋疲力尽则会逃走。从古至今,没有使手下人陷入困穷而他自己没有危险的。”后来,鲁定公向孔子表扬颜回,孔子说颜回一向是这样的,能举一反三。其实,颜回在这里是以御马比喻治理国家，御马“不穷其马力”，告诫鲁定公治民“不穷其民力”，否则就会出现危险。

另一件是闻哭声知离别的故事。孔子在卫国时，颜回陪伴他。一日清晨，远处传来哭声，非常悲哀。孔子问：“颜回，你知道这是为什么哭吗?”颜回回答说：“从哭声听，弟子我认为这非但是死别，还要生离。”孔子问：“你凭什么这么说?”颜回回答：“弟子听说桓山有只鸟，生了四只小鸟，羽翼既成，将分于四海，那只大鸟以很伤感的心情啼叫着送别四只小鸟远飞，它的悲哀啼叫声和现在的哭声非常相似，都有亲人要分别不再相见的意思，因此弟子以声音来判断是这样的。”孔子让人去问了悲哭的人，那个人果然说：“我的父亲死了，家庭很贫穷，没办法，就卖子葬父，现在正在和儿子诀别。”孔子感慨着说：“颜回呀，还真是很懂得、很善于辨别声音呢!”这个故事说明，颜回的举一反三已经达到了跨界的程度，可以广泛联系、相互启迪，这是孔子最希望弟子们掌握的一种本领。《论语·公冶长》记载：“子谓子贡曰：‘女与回也孰愈?’对曰：‘赐也何敢望回? 回也闻一以知十，赐也闻一以知二。’子曰：‘弗如也，吾与女弗如也。’”这一段文字译成白话是，孔子对子贡说：“你和颜回哪一个强些?”子贡回答说：“我怎么敢和颜回相比呢? 颜回听说一件事就可以类推出十件事，我听说一件事不过类推出两件事罢了。”孔子说：“是不如他，我和你都不如他啊!”可以看出，在举一反三这方面，连孔子都认为自己不如颜回。

理由之三：颜回忠厚不愚。孔子夸赞颜回：不迁怒，不贰过，是表扬他的情绪控制能力和纠错能力，这两种能力都需要强大的心理承受力。孔子在陈国和蔡国之间的地方受困缺粮，上顿不接下顿，七天粒米未进，体力不支，白天也只能躺着休息。颜回讨来一点米，回来后就煮起了饭，快要熟了。孔子无意中看见颜回用手抓锅里的饭吃。一会儿，饭熟了，颜回请孔子吃饭。孔子假装没看见刚才他抓饭吃的事，起身说："我刚才梦见了先父，这饭很干净，我用它先祭过父亲再吃吧。"颜回道："使不得！刚才煮饭的时候，有点炭灰掉进了锅里，弄脏了米饭，丢掉不好，我就抓起来吃掉了。"孔子叹息道："人应该相信自己的眼睛，但即便是眼睛看到的仍不一定可信；人依靠的是心，可是自己的心有时也依靠不住。学生们记住，了解一个人是多么不容易呀。"这个故事告诉我们，颜回是一个坦荡的人，他只说明事实经过，不担心被误解。孔子说，"吾与回言终日，不违，如愚。退而省其私，亦足以发，回也不愚"，意思是说，我给颜渊讲课，他经常只是默默地听着，感觉起来好像笨笨的。可是回去后我观察他私下的言行，倒也能充分发挥课堂上我讲的那些道理。所以，颜渊其实并不笨。

当然，在现代化社会里，我们或许不再需要颜回那种学习方式，通过科技手段解决了许多知识问题，但从颜回身上我们仍然可以得到很多启示。首先是要有一种僧侣般的学习精神，其次是学会普遍联系的学习方法，最后就是秉持推己及人的忠恕之道。具备了这三点，你就有可能成为一个出类拔萃的学生。

怎样成为一个君子

孔子就如何才能成为一个仁人，很少谈及，但对如何成为一个君子，却从不同角度做过阐述。《孔子家语》中关于怎样才能成为一个君子问题，孔子说了这样一段话，“行己有六本焉，然后为君子也。立身有义矣，而孝为本；丧纪有礼矣，而哀为本；战阵有列矣，而勇为本；治政有理矣，而农为本；居国有道矣，而嗣为本；生财有时矣，而力为本。置本不固，无务农桑；亲戚不悦，无务外交；事不终始，无务多业；记闻而言，无务多说；比近不安，无务求远。是故反本修迩，君子之道也”，译成白话大致是这个意思：“立身行事有六个根本，然后才能成为君子。立身有仁义，孝道是根本；举办丧事有礼节，哀痛是根本；交战布阵有行列，勇敢是根本；治理国家有条理，农业是根本；掌管天下有原则，选定继位人是根本；创造财富有时机，肯下力气是根本。根本不巩固，就不能很好地从事农桑；不能让亲戚高兴，就不要进行人事交往；办事不能有始有终，就不要经营多种产业；道听途说的话，就不要多说；不能让近处安定，就不要去安定远方。因此返回到事物的根本，从近处做起，是君子遵循的途径。”

孔子在这里明确了君子的六条标准，看起来十分具体，没有涉及更多道德修养问题，但很有针对性和可操作性。这是孔子阐述深奥问题的特点，从来都是深入浅出，不像老子那样玄而又玄，让人云山雾罩。

仁义立身孝为本。这是君子的头等大事，不仁不义，不可为君子。仁义很抽象，怎样去把握呢？孔子把它具体到“孝”上。一个不孝之人，不可能做到“己欲立而立人，己欲达而达人”，也不可能对国家尽忠。古代“举孝廉”选拔官员就是从孝入手，忠臣出于孝门也是这个道理。《孝经》提倡广孝，君子孝敬自己的父母，进而要孝敬所有天下人的父母，以此实现仁政王道。仁义是君子的硬核，所以孔子把它列为第一条来阐述。

丧纪有礼哀为本。这是通过举办丧事来看一个人是不是有同情心，有悲悯恻隐之心。所以，孔子说哀痛是根本。人家死了人，悲痛伤心，你来吊唁却临丧不哀，无动于衷，这是人情冷漠的表现。有的人不仅不哀痛，还在葬礼上与朋友谈笑风生，把殡仪馆当成了好友聚会的场合，薄情寡义之人是不能成为君子的，因为在人格上有致命的缺欠。君子应该具有健全的人格，有正常的情感世界，喜怒哀乐发自内心，而不是冷如冰，硬如铁，血液没有应有的温度。

战阵有列勇为本。当国家出现战争时，作为君子要挺身而出，为国征战，这是勇敢的表现。一个人如果在国家需要的时候不能奔赴国难，就谈不上是君子，君子一定有家国情怀，一定具备精忠报国的品格。那些在国家危亡面前，贪生怕死、苟且偷生之人，无论有多大的才艺，都会被主流舆论所不齿。当下，有些人夸大了生存权，否定真理价值，好像那些为了真理而献身的人都是傻瓜一样，这是在给懦弱、背叛和胆怯找理由，不是君子所为。

治政有理农为本。指出来治理国家，为国家服务，应该把农业放在基础的位置上。中国是个农业国，让国民“足食”是天大的事，当年毛泽东之所以提出“以粮为纲，全面发展”就是基于这个道理，毛泽东还说过：一个粮食，一个钢铁，有了这两样东西，什么事都好办了。实际是把农业和工业放在了同等重要的位置上。我们现在强调饭碗要端在自己手上，就是把粮食问题当成国家战略安全的大事来对待，毕竟民以食为天，一旦粮食出了重大问题，必将国将不国。

居国有道嗣为本。在封建社会，选定继承人是国之大事，因为选嗣问题导致国家大乱的事例举不胜举，周公认识到了这个问题，便制定了长子为第一继承人的规矩，一直沿用两千多年。选定继承人关系到国家的长治久安，孔子强调这件事是有道理的。当年卫国就在继位问题上出现过父子之争，后来的秦始皇因为没有解决好这一问题，导致扶苏被害，胡亥上位，国家因此灭亡。现在也是如此，一个党派，一个国家，如果不重视接班人的问题，未来就会出现大麻烦，很有可能付出巨大代价。即使那些民主国家，如果选出一个不靠谱的领导人，也极容易把国家带到泥淖里不可自拔。

生财有时力为本。财富积累必须通过劳动去获得，君子爱财，取之有道，不义之财，君子不会取。孔子用一个“力”字把这个问题说透了，就像今天我们常说，幸福都是奋斗来的一样，不是经过自己努力而获得的财富，尽管能改善你的生活，但永远改善不了你的精神。很多人自强不息，不靠父辈的积累而是选择自己创业，这是追求一种精神上站立，人们都知道，经济上不能自主，精神上就很难独立，靠啃老生活，年龄再大也是巨婴。

孔子说的六条根本途径，看似有的互不相连，但仔细分析，都是缺一不可的原则问题。一个人要想成为君子，这些途径必须要走。

中庸不折中

孔子提倡中庸,这是众所周知的事情。但是有相当一部分人把中庸理解为折中,这就是对孔子学说的误解了。关于中庸,《论语·雍也》篇是这样解释的,子曰:“中庸之为德也,其至矣乎!民鲜久矣。”这句话的意思是,孔子说:“中庸这种道德应该是最高的了,大家已经很长久地缺乏它了。”可见,孔子所讲的中庸,是一种道德标准。所谓的“中”,是中正、中和之意。中正、中和是古代哲学家的术语,其意是合理的,至当不移的,是一种无过也无不及的“度”,这个“度”的把握要在一个不偏不倚的标准上。为什么要不偏不倚呢?这是因为要符合道,用今天的话讲就是要符合真理。“庸”是用和常之意,因此,中庸即是“用中为常道也”,是“执其两端,用其中于民。”可见中庸的思想很通俗,并不是什么深不可测的玄学,它要求人们为人处事“允执其中”,符合公认的原则,符合事物发展的规律,不刻意去改变事物的固有形式。它要求的存在形式是一种和谐状态,但这种和谐是建立在“正道”基础之上的,不是无所遵循的杂糅。

中庸思想有两个突出的特征,一是反对过头和不及,认为“过犹不及”。这个特征用现在的话说就是左和右都不好,好的立场应该是不左不右,居中正之位。二是主张“和而不同”。

和，是保持矛盾对立面的和谐；同，是取消矛盾对立面的差异。晏婴曾经很形象地描述和与同的差异，他说，以烧汤为例，所谓和，就是用锅来熬汤，里面放入盐、醋、梅等佐料，再烧火慢慢烹饪鱼、肉，厨师加以调和，"济其不及泄其过"，这样熬成的汤才有滋味，有营养。而同就是以水调和水，不用任何佐料，这样的汤哪里有什么滋味？

折中的意思人们都很清楚，它的突出特征就是无原则的"调和"，是将各种不同的意见进行调和，得出一种于各方都模棱两可的含糊结论。折中没有什么明确的标准，它如同建筑上使用的"三和灰"，只要调出那种黏性很强的灰浆，把各种材料黏结在一起就是目的，所以有人形象地把折中称为"和稀泥"。

中庸不是折中，中庸思想和庸俗的折中主义是完全不同的两码事，两者最大的区别是坚持原则还是丧失原则问题。一贯称道中庸的孔子是一个原则性很强的人，为了原则他可以不顾自己的安危。历史上有这样一段史实很能说明问题：与鲁相邻的齐国出现"陈恒杀君"之变，就是齐简公的上卿大夫田成子（陈恒），在内乱中杀死了平庸无能的齐简公，立简公之弟骜为齐平公，陈恒为相。这件事在孔子眼中是大逆不道的，不管简公政绩如何，弑君之罪不可饶恕，孔子自然十分愤慨，他不顾年老体迈，如临大典一般沐浴更衣，然后郑重其事地去朝见鲁哀公，希望哀公能发兵讨伐齐国，匡扶正义，恢复秩序。孔子在哀公那里碰了钉子，又去找当时主政鲁国的"三桓"，即季孙、叔孙、孟孙。结果还是被拒绝了。通过这件事情可以看出孔子是一个不拿原则做交易的人。按理说,既然陈恒在齐国受到了广泛的拥护,因为齐国的民歌都在为陈恒歌功颂德。对此,孔子完全可以用“道善则得之,不善则失之”和周公“惟命不于常”的理论依据来个顺水推舟,不去请兵征讨,自讨没趣。但孔子没有这样做,他认为自己既然忝居大夫之位,遇到这样的大事,就不能不管。因为孔子知道,这种现象如果得不到惩罚,一旦各诸侯国都这么效仿起来,天下岂不大乱?

中庸不是折中,这在孔子的著作中不难找到根据。《论语·阳货》中有“乡愿,德之贼也”一语,这里的乡愿,就是指信奉折中主义的好好先生,孔子认为这种你好我好大家好的“好好先生”是让人痛恨的,是“德之贼”。既然孔子把折中主义当作德之贼,又怎能说它是“之为德”呢?可见,孔子所说的中庸,绝不是我们所说的折中。令人遗憾的是,人们一直把中庸当折中解释,很少有人去研究孔子中庸的本来意义,造成了对儒学的误解。

其实,中庸思想是孔子在古人的思想基础之上发展而来的,“敏而好古”的孔子对前人的文化遗产格外痴迷,其研究到了融会贯通的程度。孔子之前,《易经》中已经有了中庸思想的基础,因为《易》之变化,所秉承的规律就是自然天道,而这个自然天道就是中庸所要求遵循的东西。老子《道德经》中明确提出了“人法地,地法天,天法道,道法自然”的观点。这种相互效法的链条靠什么来维系?就是中庸思想所追求的中(正)和庸(平常)。今天批评一个人说不走正道,就是说这个人背离了中庸之道，所以，孔子说：“君子中庸，小人反中庸，君子之中庸也，君子而时中；小人之反中庸也，小人而无忌惮也。”意思是说：君子的一言一行都符合中庸的准则，小人的行为却违反中庸的准则。君子能做到中庸，是因为君子做事处处处置恰当。小人之所以违反中庸，是因为小人从来没有什么顾忌和畏惧。

由此看来，认为孔子中庸思想就是折中主义的观点是片面的、不正确的，这种错误的观点对认识孔子、了解儒学产生一种十分消极的误导作用。